跨度长篇小说文库
Kuadu Novel Series

跨度长篇小说文库
Kuadu Novel Series

FEI

ZOU

DE

AI

QING

飞走的爱情

瘦谷 ◎ 著

中国文史出版社

图书在版编目（CIP）数据

飞走的爱情／瘦谷著. — 北京：中国文史出版社，
2020.1

（跨度长篇小说文库）

ISBN 978 – 7 – 5205 – 1255 – 8

Ⅰ. ①飞… Ⅱ. ①瘦… Ⅲ. ①长篇小说 – 中国 – 当代
Ⅳ. ①I247.5

中国版本图书馆 CIP 数据核字（2019）第 185913 号

责任编辑：蔡晓欧　薛未未

出版发行：中国文史出版社
社　　址：北京市海淀区西八里庄 69 号院　邮编：100142
电　　话：010 – 81136606　81136602　81136603（发行部）
传　　真：010 – 81136655
印　　装：北京东君印刷有限公司
经　　销：全国新华书店
开　　本：720×1020　1/16
印　　张：15　　　　　字数：148 千字
版　　次：2020 年 1 月第 1 版
印　　次：2020 年 1 月第 1 次印刷
定　　价：52.00 元

目　　录

在北京这个繁华之都

回想初恋和寻找爱情

都像是打开笼子捉鸟

笼子打开

鸟却飞了……

——题记

爱情的理想主义者（序）

卢梭说："人是生而自由的，但却无往不在枷锁之中。"

爱情如是——你以为由自由主宰的爱情，却有着种种的制约，有着甚至不可逾越的障碍。

在悲观主义者眼中，生活在阶级和文化多元的社会中，爱情就像是戴着镣铐的舞蹈，最后的结果可能是爱情消逝了，留下的却是身体和心灵的累累伤痕。

爱情中的人总是相信自己的内心，以为自己可以感动所爱的人，甚至感动上帝；还因为限制，因为爱情的不易，使他们更加珍惜内心的感觉，去争取那难得的欢愉。

也许正因为难，他们才有在追求中体验成就感这样一种"知难而上"的韧劲。

"爱虽然不再是禁果，但却更像毒药了。"在北京三里屯的一家酒吧中，我的一位朋友这么说。

其实，与其说他们是爱情的悲观主义者，毋宁说他们是爱情的理想主义者。他们的爱情观仍然太古典，在他们还在唱着迪克牛仔"有多少爱可以重来"的时候，新新人类已经在酒吧中高谈"有多少爱可以乱来"。因为有其"理想"的执着，所以才有"悲观"的叹息——屡败屡战的他们常常就这样带着伤口再次上路。

譬如这部小说中的主人公杯子，在北京这座繁华之都……他爱着，因为爱使他落到生命的实处，爱证明他的存在。而他身心中真实的爱却一一飞走了，不再属于他，在爱情的世界，他一次次陷入孤身一人的境地。为此，他试图用性而不是爱来填补自己的孤独……性好像是他背对爱情的报复，就像小孩背对大人、面对墙角，久久地一动不动的赌气。

他就这样在爱与性中挣扎。其实他的眼角含着泪水，但我们难以窥知，在阳光中他用墨镜遮住了那颗悬而未绝的泪珠。

轮子是小说中的另一个人物，他的爱情观更为传统，忠贞和坚贞，一个男人竟然抱持着"从一而终"的信念，自然他与现实是格格不入的，包括他的爱情观、人生观和道德观——他来到北京，就是为了寻找他已经没有了消息的爱情。他好像生活在另一个世界中，像是城市中"秘密的人"，灵魂时常脱离肉身，在天空中飞翔，在俯瞰中透视出都市另一副丑恶的面孔；与一棵玉米像情人一样在深夜的大街上漫步；在垃圾场与文字逃逸而去的空白之书不期而遇……为了找到他的小妹，每一个节假日，他都要奔波在北京的一个个大商场，利用商场中的广播播寻人启事。但小妹一直也没有出现，轮子仍然"守身如玉"，固执地等待小妹的重临。

鲁迅先生在他的小说《伤逝》中说："人必须活着，爱才有所附丽。"飞走和消逝成为杯子们爱情的宿命：对于杯子，初恋的棋死了，电线嫁给了别人，玻璃不愿再与他来往……对于轮子，消失了的小妹消息杳无……对于灯儿，初恋的草垛在多年之后即将再见的时候死于车祸……他们的爱就这样飞走，无枝可栖。

我知道，在我写完《飞走的爱情》之后，我再对此多说一句都是多余。现在的我也是一个读者，小说本身已经独立于我之外。也许，你们根本就不需要我在你们阅读之前在此絮叨。

　　我深信，阅读才是最好的评判。我将在你们的阅读中接受你们真实的审判，哪怕体无完肤。

引　子

对于漂浮和行走在这本书中的一些人来说，北京是一座没有时间维度的城市，是一座时间的空城。

他们被悬置在这座城市中，那些从身体和内心中流走了的时间，他们的爱恋，他们的生活，在一次次的回忆中，像是梦境。

或者说他们无法确定哪些是梦境，哪些是真实发生过的事情，更无法对自己说出时间在自己的身上是如何流逝的。

他们放逐自己，也任由时间的放逐，一边痛恨着生活的循规蹈矩，一边又无法在放逐中停止自己的梦想。

但是，对于有的人，时间是水，是空气，是无法逃逸的统领。

还有这个踉踉跄跄向前滚动的世界，它也无法居于时间的辖地之外，时间的信使把时间和这个世界联系在一起，那些来自大地和天空的时间之神，通过它统领的世界、统领的人，一边展现时间风情万种的风采，一边展现时间对于生命和爱情的摧残，展现时间冰冷无情的残酷。

这一切，就像落在河中的溺水者，在目睹人家在画舫上夜夜笙歌、美女如云的同时，自己的手中却没有一根稻草、一片树叶。

一个蹩足的比喻，所有的比喻都是跛脚的。

这让本书中的某一个人，也许是杯子，也许是轮子，或者两人一起，坐在午夜之后的的士上，一人坐在左座，一人坐在右座，会忍不住同时把头伸到窗外，向着北京的天空高喊：让所有的日子都来吧！

但还没出口就又觉得自己是一个傻×——用这句话来为自己面对的困境壮胆，未免矫情又无力了一点。

第一章　晕了

1

　　书商喇叭要出一本名人自述的书，"名人"的笔头子糙得像小学生，写出来的东西文不通字不顺，前言不搭后语，还没有时间，弄得喇叭很头疼。喇叭既是书商，就要和出版社的编辑搞好关系，也要和各媒体跑文化口的记者编辑搞好关系，因为他做的书出了，总要弄点儿响动，按他的说法就是，只要在媒体上说他做的书，笑骂由你。因为这些私底下的关系，自然就少不了酒肉应酬。喇叭和杯子是哥们儿，成天在一起吃喝玩乐，知道杯子辞了报社的工作已经一个多月了，是一个闲人，就想到了杯子，让杯子替名人捉刀。

　　"杯子，你现在不是闲着吗，我这儿有一桩活，就是替一名人写一自传，二十万字吧，稿酬人家一次结清，五万，干吗？"喇叭打电话找杯子。

　　"名人的书都快烂市了，行吗？"杯子说。

　　"这事儿你甭管，你只管操刀就行。"喇叭的声音忒大，震得杯子的耳膜嗡嗡的。

　　杯子想：就是，我管喇叭的书卖不卖得出去干吗？

　　随后听人说，这"名人"见别人都出自述自传，觉得自己也是有头有脸，心下就不平衡了，自个儿找了出版社，想把自己"轰动"出去。但出版社觉得市场上名人的书太多，他又没什么卖点，便推托了。

按大家伙儿的说法就是，你以为你是腕儿，其实也就一肘子。

或者，你以为你是根葱，谁拿你炝锅啊。

这主儿就只好找书商，转来兜去，终于找到了喇叭。人精喇叭通过这本书，与"名人"搞成了一笔附属生意，就是过去喇叭做的一本小说，当时给作者的钱一笔付清，全部买断，连影视改编权都归喇叭了。书出来之后，喇叭一直想把影视改编权卖了，但谈了几家都因价格不合适而作罢。这回由"名人"撮合，终于以喇叭满意的价格卖给了一家与"名人"关系密切的影视公司。

想到快过年了，弄点儿银子也不错，杯子就应下喇叭了。过去没钱的时候也干过这活，以为这次也差不多，并不复杂。杯子这回可倒霉了，这主儿仗着自己有些破名声，翻来覆去地折腾杯子，把杯子烦的。

一圈哥们儿中，喇叭是大家公认的语录大师，话不多，但一出口就是"名言警句"，让大家传说引用。对于自传，喇叭说："自己写自传是手淫，被人写传记是做爱，而捉刀替人写自传则是被人鸡奸。"

这回杯子可是亲身体会了。

惨不忍睹。

2

喇叭家属于艺术世家，老爷子是在苏联受的斯坦尼斯拉夫斯基的戏剧教育，导的戏和写的戏有那么几出至今仍是剧院的保留剧目，隔个三载两载就会拿出来重演或者重排。剧院中有两个导演就是以重排喇叭老爷子的戏出了名的。

喇叭前些年没什么事儿，就跑到法国去混了一张洋文凭，大家至今不知道那所给了喇叭文凭的大学叫什么名字。对此，喇叭倒不避讳，有人问，他就说："叫克来登。"

在法国，喇叭学的是电影导演，但至今也没有拍过一部电影。喇叭有一辆红色的"宝马"，晚上或者夜里，时常停在饭店或者酒吧的门口。有时也停在洗浴中心的门口，酒后的喇叭需要蒸一蒸桑拿，把自己体内的酒精排出来。

喇叭做书在行内名气不小，他的眼睛毒，一年就做十来本书，发行量总是不错，以此养活自己绰绰有余。当然还有因酒后驾车时常会被撞挂受伤的红色"宝马"。

其实红色"宝马"到喇叭手上的时候不是一辆新车，而是二手货，是喇叭的洋哥们儿在结束自己在中国的文化参赞生涯之后半卖半送给喇叭的。按喇叭的说法，这哥们儿在北大上学的时候就和他混在一起，两人携手到处泡妞。

3

杯子从"名人"家出来，正是下班的高峰时间，看着街上一辆接一辆堵在一起的车，他想坐地铁会顺利些。

杯子随着拥挤的人流走进北京的地下。地铁车厢中人贴着人——杯子一点儿也不担心地铁突然刹车或起动时身体会失控摔倒。

地铁在黑暗中穿行，向西奔去。在污浊的空气中，杯子昏昏欲睡，大脑中一片空白。事实上，那个下午杯子的脑子都很迟钝，有好一会儿杯子都在回想自己昨晚干了什么，怎么开始自己的睡眠的，杯子想为自己的脑子如此滞塞找一个理由。但想着想着就不知想到了什么地方，竟把自己原来想要思寻的事情忘了。

杯子不能看见自己，但杯子知道自己的样子是如何的灰头土脸，头发一定很乱，眼神空洞，脸色苍白，嘴唇发紫——为了一点儿破钱，被人折腾得像一条狗。杯子感到有些恶心，后脑发凉，杯子有血糖低的毛病，这会儿这个症状非常明显。还有些缺氧，杯子的呵欠一个接一个。

地铁驶过了一站，又驶过一站，杯子对广播中报出的站名充耳不闻，一点儿反应也没有。地铁到达公主坟站，车厢里终于有了一些空隙，杯子舒了一口气，抬头的时候看到站台柱子上的站名，突然回过神来——我坐地铁到西边来干什么？一个月前杯子已经从鲁谷小区搬走了，他再也不需要穿过几乎整个北京城区回到鲁谷安置自己疲累的身心了。

虽然，许多的时间，杯子的日子都是白天从晚上开始。在杯子看来，夜晚更安静、更悠闲、更自由，更宜于工作和享受。为了最大限度地延长这样的夜晚，杯子昼伏夜出，或者晚睡晚起。

杯子走出车厢，在商柜中买了两罐啤酒，然后坐在站台的椅子上慢慢地喝。杯子常常以自己的血糖低为理由坚持喝啤酒，当然从不喝干啤。

杯子的脑子有些混乱，他需要安静下来，想知道这会儿的自己为什么会在这里。

入口处那个地铁歌手的歌声和琴声有些嘶哑地响着。

杯子想，如果自己买不下房子，又不愿搬回家没有私生活地和

8

父母住在一起，那不知道还会搬几次家，也不知道是不是会再次坐错车。在北京，杯子待了这么多年的城市，虽然经常坐错车，但没有一次像这次错得这么离谱，错得找不着北，真是晕了。

人像蜗牛那样就好了，走到哪儿它的身上都背着自己的屋子、自己的家。

像蜈蚣也不错。蜈蚣有那么多的脚，走路肯定不累，可以在大地上云游。只是，穿袜子和鞋太麻烦。

随之杯子就想起了一个关于蜈蚣的笑话。

说一蛐蛐娶了蜈蚣做妻子，新婚的第二天，哥们儿问他昨天的风流故事，他龇着牙喊了一声说："掰了一夜的腿，也没找到那地儿。"

杯子像傻子一样自个儿笑了，同时他发现脑子也恢复了平日的清醒。

4

现在的杯子住在花家地——自从六年前大学毕业之后不久，杯子就从家里搬了出来。

杯子家姊妹多，杯子是老小，现在也就杯子一人还在耍单，杯子的哥哥姐姐们都已有了基因的遗传，或者说财产的继承人。杯子家的第三代轮番回到爷爷奶奶、外公外婆家"联络情感"，家里极少有安生的时间。杯子这人按杯子妈的说法是夜游神，一到晚上就来精神，到外边和狐朋狗友泡到深更半夜，就是在家，也是看书或写东西到后半夜。即使什么也不做，也会坐在电视机前拿着遥控器不停地翻频道也要翻到一两点；要不就看 VCD，无聊时什么片子都看，直看得自己恶心得有了生理反应，才上床睡觉，而白天杯子却总是躺在床上睡大觉——整个儿一个逆家里人的生活习惯、起居时间而动的过街老鼠。

再说了，杯子青春好年华，又没什么残疾，身体心理都还健康，和父母住在一起，不仅与女朋友探索身体奥秘难以进行，就是谈情说爱也干扰多多，哪怕是手淫都不方便。

基于这样的身体和精神的生存环境，杯子想，冒着一点儿经济压力，总比冒着生理压力要好一些——所以大学毕业不久，杯子就花钱在外租房，不再和父母住一起。算来，因为上班的关系，因为女朋友的关系，因为经济收入变动的关系，杯子在北京的东西南北城都住过，搬了四五处地儿了。

杯子现在住的楼对面是小区供热中心，冬天里暖气热得一进门身上就要脱得只剩秋衣。供热中心高大的烟筒整天无声地冒着浓浓的白烟，出门的时候杯子已经习惯要望上它一眼，看看风向和风力的大小。

对杯子来说，这是一个陌生之地，在北京这么多年，直到前年他的朋友搬到这里居住，杯子才第一次来这里。在过去，杯子不仅没有到过花家地，甚至几乎没有听人说起过这个地名。

杯子的朋友去了德国，杯子就从鲁谷搬到了这里。对杯子的朋友而言，他的屋子有了一个他信赖的人看护，杯子是一个喜欢整洁的人，而且不抽烟；对于杯子，则有了一处没有人催要房租而且还算舒适的住处。临走，杯子的朋友把钥匙交给杯子，说："房租视你的经济状况看着给吧，没钱不给也行。"

他知道杯子是无产者，而他自称是买办。

杯子刚搬进来才一个星期就出门了——被喇叭和"名人"定在

八达岭外的温泉宾馆听"名人"讲他的人生故事，然后杯子再把"名人"的人生故事敲进电脑，三天前才回来。这里的街道歪歪斜斜的，过去来朋友家玩，加上搬过来住的日子，来来往往也有十多回了，但杯子仍然搞不清这些街道的方向。

杯子终于回到了朋友的家——杯子现在的住处中，坐错车至少让杯子在路上耽误了两个小时。

一进门，杯子就看见了它，书桌上的白色电话机，它看起来有些孤零零的，好多天都没有响起过了。杯子还没有来得及告诉哥们儿这部电话的号码——其实杯子告诉了他们也没用，不管杯子住在哪儿，他们几乎都不打杯子的座机电话；杯子也是，杯子他们好像是这个城市中的漂浮物，很难停在哪个地方，不管是住的地方还是工作的地方，而杯子他们身上的手机则总是陪伴着他们游走——最让他们心安的是，手机既是他们存在的标志，又隐藏了那一刻他们身在的坐标和行踪。

手机成了流动的谎言，我们经常在街头和车上听见拿手机的人打电话说，我在广州，或者我在成都，其实他就在北京。我们没有半点儿诧异，大家也经常这么拿着手机撒谎，因为对方是接电话的人不想见的人——或许是索债的人，或许是不再有爱的前情人……

手机培养了我们说谎的习惯，但根本是我们就有说谎的天性，就像我们都有做爱的天性一样，它成了我们生命和身体中必不可少的部分、生活和现实的一部分。

否则我们的生活和现实就是不完整的、残缺的，甚至漏洞百出的、支离破碎的。

虽然杯子住进这间屋子加起来已经有十来天了，却仍然记不住电话座机的号码，这号码对杯子基本没有用处——不管杯子在不在这间屋里，都不会去拨这个号码。

夜深人静，楼下早已没有了街车，杯子走到电话机旁边，拿起话筒，看着写在纸上的自己的号码，摁了对杯子来说仍有些陌生的数字——话筒里传来的却是一声接一声的忙音。

一个人独自居住的日子就是这样无聊。

杯子坐在床上，望着墙上十三年前棋给自己画的油画肖像，出了一会儿神，那会儿，杯子还是一个十五岁的少年。

过了一会儿，杯子在心里告诉自己，天不早了，洗洗睡吧。

5

杯子这个人对于数字或者人的名字特迟钝，总也记不住，对于手机的功能也是不思进取，只会拨号打电话和接电话什么的，给人发短信必须上网到自己注册好的网站，所以一年四季杯子总带着一本厚厚的电话簿，每打一次电话都要翻找一番。喇叭教过杯子，用手机怎样建电话簿，怎样发短信，怎样找已拨电话、已接电话、未接电话，杯子虽然当时学会了，但过后就忘。

为此，杯子因为未接一些丫头或哥们儿的电话，又不查看未接电话记录，及时回复，没少受人哥们儿姐们儿的埋怨，平白中失去了不少与丫头们进一步建立战略伙伴关系的机会，也少赴了不少哥们儿组织的有趣饭局。随后想起虽不至于痛不欲生，但此类损失日积月累，也令杯子时常生活在遗恨的阴影中自责不已。

喇叭想和不认识的丫头套近乎的不变法宝是对人家说：我们好像在哪儿见过？

或者，你看起来又瘦了啊。

这虽然属于老套的把戏，但喇叭用来却得心应手，按他的说法就是以不变应万变。

喇叭用这老套办法虽不能说百试不爽，但也屡次得手。杯子当然明白其中的道理，人家丫头喜欢你怎么都喜欢，你和她能走到一起只需要一个开始的理由。如果人家不喜欢，你就是花言巧语说破天人家也懒得搭理你，和你在一起说几句话，只是看在相遇有缘的面子上，不要两人伤了和气，两人都尴尬。

喇叭也有失手的时候。其实男人在这方面失手不算什么事，只是因失手而得福的喇叭的爱情故事实在有趣，才至今流传，经久不息。

喇叭在一个 Party 上与水妮第二次相遇，水妮刚一进门，喇叭的眼睛就像一只懒猫遇见一条香味扑鼻的熏鱼一样充了电，心中似有一种前生有缘的感觉，脱口对杯子说，这女孩长得干干净净的。喇叭对于好女孩的赞美也就是"干净"二字，这回用了双声叠韵"干干净净"四字，杯子就知道喇叭动了凡心。

那天北京下着细雪，水妮进了酒吧，肩上的雪在灯光中变得亮了起来。因上次与水妮相遇时喇叭已经喝得太高，已是醉眼迷离，自然没有及时发现长得干干净净的水妮的漂亮来，当时喇叭也没有和水妮说几句话，自然喇叭对于水妮的记忆已散失一尽。

喇叭起身端着两杯金汤利酒便迎了上去。水妮的外套刚递给酒吧中的小姐，喇叭就笑嘻嘻地说："我们好像在哪儿见过？"边说还边把右手上的酒杯递了过去，"喝一杯怎么样？"

水妮接过了酒杯，说："你第一次见我的时候就说我们好像在哪儿见过。"

大家都听见了水妮的话，起哄说："喇叭见了不认识的漂亮女孩都这么说。"

喇叭明显有些底气不足，说："没错呀，我说我看见她面熟呢。"

可水妮并不想给喇叭留面子，回说："可你上回见了我也是这么说的呀。"

……

大家哈哈大笑，有两人还把嘴里的啤酒喷了出来，齐喊："喇叭，你这个色魔！"

杯子则学着《少林足球》中周星驰对赵薇说话的腔调，对水妮说："快回火星去吧，地球是很危险的。"

杯子在酒吧的代表形象是，借着昏暗的光线，一页页翻过厚厚的电话号码本儿——杯子忘了坐在对面的漂亮丫头的名字，他和人家丫头虽然已经时断时续地聊天，但找不到丫头的名字，杯子总觉得眼前的情境是一个梦幻，也许，转眼她就会在杯子的记忆中消失。

如果你看见一个在酒吧中翻看电话本儿的人，那没准儿就是杯子。这时候的杯子需要找到某一位他喜欢与之聊天的女性的名字，作为聊天的开始，或者聊天的继续。

6

杯子正在刷牙的时候，手机响了。

手机一声声响着，直到自动断掉，杯子坚持把牙刷完，才从卫生间出来。

电话是轮子打来的，杯子一想，他和轮子已经有一个多月没有联系过了。这一个多月杯子忙着替"名人"手淫，和朋友们基本没联系，朋友们打电话说有饭局、泡吧，杯子哈哈笑说："我在八达岭外边呢。"

杯子把电话打过去，声一响，那边就接了。

杯子说："轮子，这段时间我忙着挣点儿银子，刚从塞外回来，刚才在刷牙，从卫生间出来你的电话已经掉了。"

"我一个人在芥末坊，好久不见了，你出来吧。"

芥末坊酒吧在三里屯南街，去年大家聚在那里的露台上一边喝酒，一边看有中国队比赛的世界杯亚洲十强赛，分成两拨打赌，谁输谁请客。有一回用赌资设宴，食客近二十人。

一看墙上的钟，已经十二点了，杯子有些累，不想出门了。

"我在家，你过来吧，冰箱里有啤酒，你不想回家，还可以睡在我这里。"

停了一小会儿，轮子说："好吧。"

杯子赶快说："我已经不住在鲁谷了，在花家地，靠着新搬来的中央美院，快到的时候你打一个电话，我下楼到美院门口等你。"

第二章　散板

1

北京的冬天。

冬天的夜晚。

轮子从芥末坊里出来，竖起皮夹克的衣领，走到工人体育场北路，等到一辆一公里一块二的"夏利"出租车，挥手拦住了。

风发出尖锐的啸声，卷起两个塑料袋在大街上飞舞。

起风的时候，轮子总是要想起美国诗人、"新超现实主义诗派"，还被称为"深度意象诗派"的领袖人物罗伯特·勃莱（Robert Bly）的这句话——"贫穷时，听见风声也是美好的。"

现在的轮子无边地痛恨这句话。

轮子喜欢过这句话，甚至现在他也不否认这句话本身的"诗意"。但一当轮子真正浸泡在贫穷的黑暗中，"风声"就是饥饿，"风声"就是寒冷——"风声"甚至使轮子不知道贫穷的黑暗之地离富裕温暖的黎明还有多远。

一个写作的人，一个诗人在面对真正的贫穷时，他怎么会有如此动人的诗兴？

如果他是面对他人的贫穷而产生了如此"感触"的话，他又置

19

自己的社会良心于何处？

"有何胜利可言，挺住便意味着一切。"

这是法国人里尔克说的，同样，他也是一位诗人。

它只是比中国人的"名言""好死不如赖活着"，多了那么一点点主动的姿态。

作为一个以写作为生活手段的人，轮子常常失语，脑子里翻出的都是人家说过的话。

这使轮子感到沮丧甚至恐惧。

2

杯子是一个懒散的人，大学毕业之后回到北京六年多，因为较真总是难以和领导处好关系，所以换了一个单位又一个单位，大多都是报社或者杂志社，也在广告公司待过，给人家写广告脚本。也有不少时候在家中待着，一待没准儿就是几个月，写小说或其他乱七八糟可以换银子的文字，总的来说是以笔为生。

杯子和轮子是同班同学。在北京，还有结了婚的灯儿和大巴，他俩是杯子和轮子的同级校友，四个人常有聚会。杯子、轮子在中文系，灯儿和大巴在哲学系。

他们的大学是在长江和嘉陵江汇合的地方——重庆读的。那时候，重庆还只是四川的一个直辖市。

杯子当初选择那所大学，纯粹是老爷子的主意。那所大学是老爷子的母校，当年老爷子就是从这所大学走上革命道路的。当时，杯子的高中同学大多留在北京上大学，杯子却翻山越岭去了万里之外的重庆。

到重庆上学，杯子对老爷子没什么埋怨。在重庆的四年是杯子最快乐的四年。

离开了父母，杯子觉得自己翅膀硬了，没人管自己了，自由了！一到星期天杯子就和同学们一起四处游玩，南温泉、北温泉，红岩村、歌乐山，四年下来，差不多逛遍了重庆的山山水水和大街小巷。

还有花样百出的重庆小吃，吃不胜吃，口味各异，而且便宜得能把自己吓着了——可以没完没了地满足自己的口腹之欲。

和轮子、草垛、灯儿、大巴他们一起组织诗社、文学社、音乐社，写诗、小说和散文，也写歌，自弹自唱，男男女女厮混在一起，一晃四年就过去了。

轮子的文章和歌在他们那一拨中，都是有口皆碑的。而杯子则五音不全。

轮子还会唱川戏。轮子的奶奶大字不识，但却是个戏迷，这是轮子奶奶唯一的爱好。解放前，奶奶的父母死得早，是奶奶一手把两个弟弟拉扯大送到城里上学的。只要剧院里有新戏或者老戏重演，轮子的两个舅爷就会买了票到乡下把他们的老姐姐接到城里看戏。奶奶去城里，总是带着她的长孙轮子，进戏院看戏，住在舅爷家，没事的时候奶奶还会教轮子唱上一两段，轮子自然也就被川戏耳濡目染了。轮子的父亲原来是乡村老师，会拉二胡，夏夜没事的时候，一家人坐在院子中，父亲拉二胡，轮子和奶奶就会来上那么一两段。父亲也教会了轮子拉二胡。

现在，奶奶的牙齿已经不关风了，连说话都唑唑的说不清楚了。

轮子的老家也在川西平原的浣河边，那个村子叫红桔园。

杯子平时说普通话，和北京人在一起时也圈着舌头撇京腔，但也会说老家话，杯子的父母也都是四川人，出生并长大在川西的成

21

都平原。父母亲在家里一直说四川话，以此表达他们对于故乡的热爱。近朱者赤，加上杯子在重庆的四年大学生活，杯子的四川话自然也说得还算地道。

那年暑假，杯子去看奶奶，顺道去过轮子的家。

在北京，杯子和轮子在一起，只要是在一个比较私人的空间中，两人也都说四川话。

♪

轮子是今年夏天来的北京。

轮子原来在成都，大学毕业之后，在成都一家有线电视台干了六年，做记者，不上镜也不出声的那种。

来到北京的轮子，仍然说着一口让人难以听明白的四川普通话。

轮子说，他的舌头是天生的。

直到十八岁上大学之前，轮子没有离开过农村老家。

除了杯子、灯儿和大巴，没有人知道轮子当初为什么要离开那座被人称之为"泡在茶水中的城市"，那座被文人文绉绉地称之为"中国文化后花园"的城市，麻将声中的城市，时间要用消磨来打发的叫着成都的城市，跑到北京苦哈哈地挣日子。

轮子跑到北京，是为了寻找他的初恋情人小妹，几个月过去了，轮子却一无所获——小妹至今踪影全无。

六年也许是轮子生命中的一个时间的结，是生命中面临抉择和转变的时间段，周期一到它就会从生理和心理中生发——就像向上生长的竹子，每生长一步，就会长出一个节来。

轮子离开成都，还因为成都散发出的闲适奢靡、无所事事、懒

22

散的气息；对愚蠢上司的不能忍受的觉醒。

……

轮子怀揣着几千元钱来到北京，一边工作，一边寻找小妹，开始自己无边无际没有着落的生活。

去北京吧，不管它是天堂，还是地狱。

——轮子就这样下定了自己离开成都之后的走向。

1

杯子和轮子一样，至今仍然怀念山城重庆的夜景——站在高高的枇杷山之巅或者鹅岭上，俯瞰夜色中灯火闪烁的城市，使人有一种恍若置身天宫的感觉。

对于轮子，成都的面孔虽然是清晰的，但他却找不到描绘成都的主题词、关键词。一说起成都，轮子就有一种词不达意的困惑，就有一种身在梦境中的恍惚。

……

空气中混杂着泥土、薰衣草和牵牛花气息的露天茶馆？

写着过时标语的斑驳的墙，漆皮和门环脱落的古旧的老门，黑色的砖和瓦在雨中泛着亮光的老屋，但没有丁香般结着愁怨的姑娘的窄巷？

四季不衰的玫瑰，春天的桃花，夏天的黄桷兰，秋天的菊花，冬天的梅花，被卖花的人塞满的青石桥？

空气中的时间和杯中的红酒都在消失的不夜酒吧？

水煮鱼、肥肠粉和不断玩出新花样的新派川菜？

城外河边、竹林、果园中廉价而又有着乡村风情的"农家乐"？

对于成都的记忆，轮子总是不能聚焦，就像一幅散点透视而又因时间过久画面模糊的中国画。

5

红桔园却恍如眼前，历历在目。

回望故土，那些曾经的往事就在田野和村庄中，像宣纸上刚落下的墨迹一样，在轮子的心灵间洇濡漫漶。

稻花和蛙声。

石桥和河流。

芦荻和鸟鸣。

麦穗和朝霞。

还有远方的雪山。

庄严肃穆的山峰，峰仞壁立。在湛蓝色的天空下，钢蓝色的石头山峰间积着耀眼的白雪。乳色的雾缕从山峰间升起来，转瞬又在天空中无影无踪。

"窗含西岭千秋雪"。

小时候一走出家门就可以看见的远山，现在已经退隐在弥散着烟尘的天空后面，再不能看见。

而眼前是北京，在浮华的场景中，回忆、想象、揣测和虚构组成轮子经历过的、似曾相识的，甚至是臆想中的生活。

6

浣河在远方无声地响着，没有回头的浪花。

一定有月光，月光之下，弯曲的浣河蛇行着在一座座村庄的旁边流过。

四川盆地中这个小小的平原在夜色之中就像一个睡去了的海，只有河边的树、村边的竹林像海中的海藻一样在初夏的夜风中飘动。

栽满水稻的秧田则像是海底的青苔。一座座村舍就像一块块海中的礁石，总有一些礁石的中心即使在深夜仍然点着灯。轮子写过一首《礁石中的灯》，但他至今仍没有给这首歌词谱上曲子。轮子一直想用他老家川戏的调式来处理这首歌。

在夜里，轮子一躺上床，他的脑子里就出现这些并不真实的画面和画外的没有调式的音乐和响声。

之所以说这些画面不真实，是因为轮子的大脑从没有好好地休息过。他的脑瓜总是充满着诗意的想象。

要命的诗意。

回头望去，红桔园幽深浓绿的竹林中总是有一种淡淡的无言的感伤，它掩映着阳光下的村庄，就像是一本书设计装帧得极为得体的封面——因为轮子曾躲在其中叹息甚至落泪。

它在轮子的身体中生成，积攒太多的记忆，在它的寂静中轮子第一次听见了自己的心跳，在它的遮蔽中，在另一个人的面前轮子第一次有了莫名的惊慌。

它看见了轮子童真的美丽，看见了轮子幸福中的等待。而这一切，已经不能再现。

这就像是崔护《题都城南庄》一诗所感："去年今日此门中，人面桃花相映红。人面不知何处去，桃花依旧笑春风。"

在没有竹林的异地，轮子甚至常常听见身体中响着锋利的弯刀砍伐竹林的声音。

夏日的蝉鸣在竹林中喧闹，轻盈的蜻蜓停留在竹梢，风甚至停息了在林间的絮语，轮子坐在竹林中的一个树桩上，垂头看着一队蚂蚁来来回回地劳动，肩上落着一枚竹叶和一些零星的阳光。轮子没有把它们摘去。

竹林把热闹的农家人的生活与轮子隔开，在这种隔离中，轮子可以体味内心里响起的低弱的歌声、自言自语的问答以及自我安慰的怀疑和不安。

竹林中的你是不是也有着这样的体味？竹林的美有着内向的阴柔的品性，从不充满激情地歌唱，它的宁静是永恒的坚韧的，这宁静就像竹梢那样有着月亮一样动人的弧度。

平原上的竹林，月亮的脸在你的枝叶间移动，竹叶的边上有着一圈成熟的女孩子脸上才有的那种只有逆光才可以看见的绒毛。慢板的夜曲在竹林中回旋，鬼魅的形影被驱赶到了地下，一节一节的竹节，一枚一枚的竹叶闪烁着青色的莹光——它们的身上都曾滚下过雨滴。雨滴落下之前的一瞬，叶子像一个伤心的小姑娘抽咽一样，身体向上一提，然后雨滴一脚踩空，落到了虚无之中。

7

过了十二点，这里就没有电梯了，杯子看时间差不多了，就拿了手电筒下楼。杯子住在十二层，下楼还好，等一会儿上楼就得花些体力了。还好，杯子平时的有氧锻炼就是爬山，爬香山或者八大处，一年总会爬五六回，所以爬楼问题还不大。

刚下两层，手机就响了，杯子告诉轮子在中央美院的门口等着，他马上就到。刚钻出楼上了街，就看到一辆红色"夏利"顶着黄帽子在美院门口转了个一百八十度，开走了，红色的尾灯在静夜中拖出一道朦胧的光带。

突然刮过来一阵风，杯子裹紧身上的大衣，站在街边喊："轮子，这儿呢。"

8

轮子神经衰弱，常常一夜一夜地失眠。

轮子曾对杯子说起过，过去他失眠厉害的时候，几乎要掩面号啕大哭起来。失眠的时候，对他最大的安慰就是楼下街上的人声了。现在失眠的时候，轮子则唱《图兰朵》中的咏叹调，《今夜无人入眠》。

一进屋，轮子脱了衣服，蹬了他那双美国野战靴，就把自己扔在了沙发上。杯子从冰箱里拿了两瓶啤酒，开了，一瓶给了轮子，杯子手中的酒瓶和轮子的碰了一下脸儿，就各自喝开了。

杯子看轮子的情绪有些不对，平时轮子算是一个人缘不错的人，肚子里没有什么弯弯肠子，说话也风趣，大家都说他好玩。但他情绪出了问题，表现却相当明显，他不是一个掩饰自己的人——不是沉默寡言，半天冒出一句不着边际的话，就是絮絮叨叨地自言自语。轮子在说他的失眠，他说了无数次的失眠，停下的时候就猛灌一大口啤酒。

轮子说："听见那些人声，我就会安静一些，至少在这个世界上，我不是最后一个未眠的人。"

轮子用他的失眠来叙述他的人生，他的人生故事在混乱的时间和空间中像他久未安眠的思绪，无边无际，四处漫漶。

杯子真的有些累了，杯子的脑子是麻木的，反应相当迟钝。还好，这时候的轮子并不注意他倾诉的对象，他只需要说出，自言自语地说出，一旦他真正沉入自我之中，杯子只是一个符号而已。为此，面对被失眠还有其他问题弄得身心俱疲的轮子，杯子才不至于那么愧疚。

其实，现在杯子也灰头土脸的，好多事都不顺，好烦。好多事情都只能这样，慢慢来吧，解决或遗忘，这么些年就这么过来了。

9

轮子喝完了第三瓶啤酒，杯子不想喝，手里还是第一瓶，轮子突然抓了衣服要走。杯子一时没有反应过来，轮子已经穿好了鞋，手里拧着衣服，拉开了门。

杯子抓住轮子的胳膊，说："这么晚了，就住在我这里好了，花家地在北京是个偏地儿，这会儿出去肯定打不上车。"

轮子却倚在门框上，不肯进屋。杯子朋友的这个住处是塔楼，这一家和另一家的门都紧挨着，一层楼上住了九户人。由于屋里暖气太热，好多家还开着窗户。已经三点来钟了，夜深人静的，开着门说话，肯定会吵了邻居，隔壁有一个一两岁的孩子，半夜哭闹，大家都听得清清楚楚的。

轮子倚在门框上开着门说话，实在影响杯子的情绪。要知道，杯子这个夜猫子已经很让邻居生气的了，杯子不能再惹他们生气。他们都是道德良好的市民，杯子没有必要和他们过不去。于是，杯子就走过去像拉一个害羞的姑娘一样去拉轮子。轮子仍然懒得动，一副没劲透了的样子，这不免使杯子有些生气。杯子只好抓住轮子

28

的胳膊，把他拖进屋，摔在了床上。

10

轮子刚到北京的时候，给杯子看过他写的一部长篇小说《昨日流水》，说的是一个孩子眼中的一个村庄的故事，那个村庄就叫红桔园。轮子说，这本书他写了近两年，极耗心血。杯子读了，十分喜欢，也推荐给出版社和书商过，但编辑读过之后，觉得《昨日流水》是农村题材，加之轮子的文学情结过浓，里边超现实的梦幻魔幻叙述过多，读起来不免有些艰涩，担心没有市场，也就婉拒了。

"轮子，《昨日流水》怎么样了？你不是说一家出版社的编辑对这部书比较感兴趣吗？"

轮子从床上坐了起来，仍然习惯性地抬起右手去捋那早已没有了的长发。当轮子的手摸到自己满头像是刚被花匠剪去了芜枝而留下了新的整齐的茬口的头发时，脸上便不由自主地出现了无可奈何的苦笑，说："失败和爱情一样都有着难以改变的惯性。"

看起来，轮子已经从自言自语的状态中走了出来，脑子变得清醒些了。

轮子说："妈的，我老是失眠。这也是惯性，刹都刹不住。那位编辑喜欢是喜欢《昨日流水》，可现在出版社的编辑头上都压着利润，他也不敢贸然就出，再说他的头上还有好几道审读人呢。他说，得等机会，再说吧。"

说完，轮子又躺在了杯子的床上，把头转向墙壁不理杯子。轮子的样子实在软弱无助透顶了，脸色苍白而萎靡，加上他的失眠，他穿着一件米黄色的毛衣和一条灰白色的水洗卡其布长裤，躺在杯

29

子的床上，就像是堆着的一堆衣服。

　　轮子是一个妄想主义者。杯子不是，杯子的摇摆的理想主义常常都会被自己挤压到满目疮痍的现实的墙缝中，哪来什么妄想。

　　重要的还不是轮子的妄想主义，致命的是轮子还是一个不值一提的怀旧的人。

第三章　空座

1

　　半年前的夏天，轮子刚来到北京的时候，住在一家价格低廉的
地下室旅社中。

　　这是一家有着近百个房间的两层地下室旅社，第一层有半截窗
户露在地面；第二层完全在地下，用集中的空气交换器向地下供给
空气。在地下二层有宽大的会议室、娱乐中心、小型商店和饭店等
一应俱全的设施。

　　据说，在"深挖洞，广积粮"的时代，这里是一个完备的防空
中心。

　　不管是否会睡着，夜里总是失眠的轮子总是会在午饭之后躺到
床上，如果有事，就躺一小会儿，如果没事，可能就会躺一下午，
然后像只老鼠一样，钻出只有半扇窗户露在地面上的地下室。

　　在走进阳光中最初的那会儿，轮子会因强烈的光线、灼烫的阳
光而眯缝着眼，站在那里，一脸的迷惑，不知身在何处。

　　轮子睁开了眼睛，随手打开床头的灯，想了想，这才肯定是
下午。

　　刚才好像睡着了一会儿，因为现在仍然躺在床上的轮子，脑子

里仍然回旋着那些梦中的残片，像黑暗中的云母和星光，小妹的脸，还有其他人的脸就在其中闪现，永远抓不住。

床既是轮子热爱的地方，也是他憎恶的地方。热爱，是因为轮子在半夜归来，床可以放置自己疲累的躯体，可以在寒冬中给自己暂时脱离悲伤的温暖；憎恶，是因为每一张床好像都被什么人施了魔法，不管轮子有多困，躺到床上，却怎么也睡不着，就得经受失眠的折磨。

轮子的头在枕头上偏了一下的时候，看见了床头柜上的《北京晚报》。

轮子想，自己真是睡得太死了，服务员进屋送报纸自己都不知道。这使轮子有些不自在，因为轮子想起自己这一下午的睡梦中有不算短的一段是难以启齿的，不知道服务员进屋时，自己是不是睡态不佳地正在兴头上。

轮子伸手拿起报纸，眼睛落在了中缝中的影剧广告上。

轮子想，自己在床上躺了一下午，晚上肯定是躺在床上也睡不着，今天晚上得找点儿事做才行，要不漫漫长夜实在难熬。这样的话，也许出去看一场戏倒是一个不坏的主意。

轮子在成都辞去工作之后来到北京，一直没有告诉杯子。轮子后来告诉杯子，他当时不想以一个像逃亡者一样的失败身份见到杯子。他想等自己有了工作，安顿下来之后再和杯子见面。

要不就在街上晃荡？但这个想法一出现就被轮子否定了。轮子即使有浪漫的天性，也早已没有了与女人街头奇遇、艳遇的奢望。这是一个物质时代，在夜色中的大街上，你遇到的可能是一只想掏空你腰包的人。

再说了，轮子也没有这样的兴趣。失踪了的小妹就像河中的闸，把轮子的生活，包括作为一个男人的私生活堵在了上游。

在成都的地下色情业中，有一种叫"烈火冰山"的性游戏。轮子一想到这样的性游戏，就会有恶心的感觉。轮子不是一个禁欲主义者，但他有自己的底线。

轮子离开成都，除了到北京寻找小妹，也许正是出于对自己守持之心的怀疑。

"常在河边走，哪有不湿鞋的。"面对诱惑，能够挺到最后的，几稀！

喇叭的名言是："我就不湿鞋，我光着脚丫蹚河。"

已经来到北京一个星期多的轮子，还没有找到合适自己干的工作。

轮子想在电视台或者报社这样的媒体做事，在这方面，他有工作经验，也符合他的兴趣。当然，轮子真正的兴趣在于写自己喜欢写的小说、自己喜欢写的书，写纯粹的歌。轮子坚信，北京是会给自己新的刺激的，也会找到小妹的，到那时，他就会放下所有的工作，写自己喜欢写的东西了。

2

轮子的眼睛一直都没有离开晚报中缝间的影剧广告，他看过了一面之后，把报纸翻过来，开始看另一面。还是在上大学的时候，会唱川剧的轮子突然喜欢上了戏剧。那时候的轮子对未来充满了想象。充满雄心壮志的轮子，以为自己的命运自己是可以设计、创造并实现的。

轮子猛劲地给自己灌输尤金·奥尼尔、迪伦·马特、贝克特、韦伯，当然还有斯坦尼斯拉夫斯基和布莱希特，甚至还有梅兰芳。毕业后的轮子迅速地放弃了自己一定要在戏剧上有所成就的可笑想法——并不是他学的不是戏剧专业，而是在真正的生活中，轮子终于发现现实的生活比舞台上的戏剧更具有戏剧性，也更具有宿命的意味。

戏剧家与上帝之手相比，其表述的人物和人物的命运就像幼儿园的阿姨讲的故事一样，一眼就能让人看穿。

现在的轮子虽然仍旧喜欢戏剧，保留着对戏剧的一份与旧情人一样的恋意，甚至盼望着哪天自己写的戏能够搬上舞台，哪怕是小剧场也不错，但已经没有了当初那种不知天高地厚的狂热。所以在北京，又是晚上无所事事的时候，算是消磨时光，轮子想的还是到剧院去看一场戏。

在一份晚报的所有中缝间，轮子都没有找到他感兴趣的话剧和电影，但他在文化新闻版却意外地看见了新戏《情人》上演的消息。轮子知道《情人》这出戏，这出戏的主创人员都是些喜欢玩花样的家伙——扛着反戏剧或元戏剧的招牌，说自己的使命不是"表现世界"，而是"创造世界"。

轮子心想，今晚可有地方消磨了，看这帮狂妄的家伙能创造个什么样的《情人》世界来。

轮子穿好衣服，到卫生间里洗了脸，梳了头，感到头脑和身心都清凉了许多。出去的时候，轮子在楼梯口碰见了自己所在楼层的女服务员小周，微微有些脸红，轮子拿不准自己下午梦中与女人缠绵而自遗的时候，小周是不是正巧进屋送报。

小周长得虽不算十分漂亮，但性格很好，笑的时候，两颊就出现两个浅浅的笑窝，让轮子很动心。大约是因为性格相投的缘故，轮子很喜欢这类清纯的女孩子。

小周说："出去吗?"

轮子说："出去。"

那一瞬间，轮子很想邀请小周晚上和自己一起去看《情人》的戏，结果却没有说出来，轮子不想自己还没着没落的时候就和女人弄出什么牵挂来，自己的事情就够自己操心的了。

但出了旅社，轮子又有些后悔，还在门口踌躇了几秒钟。

没有小妹陪伴的轮子面对别的女人时总是有些心神不定。

3

上演《情人》的地方是一个部委的一个小礼堂，很偏僻，但轮子揣了地图，按图索骥，找起来也就容易多了。

倒了两趟车，轮子终于在车尾部一个空座上坐下来，轮子身上的衣服早已经湿了，车上人体的汗臭和体味让人窒息，而车厢则烫得让人的胳膊不敢接触。

在成都，轮子出行打的的时候多。到了北京，刚到的两三天还打打的，一个多星期之后还没有找到工作的轮子就不敢打的了。北京太大了，打的太贵，如果遇上塞车，计价器上的字就会跳得你心惊肉跳。

车开过两站之后，就看见从街边无数的官样大门里走出无数的人和或推或骑出无数的自行车。坐在座位上的轮子轻轻地舒了一口气——再也不用倒车了，这时候倒车可不是好玩的事情，正是下班的高峰时间。

车子几乎在每一个路口都要被红灯或交警拦那么一会儿，遇着转弯车子无法向前的时候，售票员就会用手猛劲地拍着车身，嚷着，让让，让让，或者靠边，靠边；而一只脚点在地上保持着自行车平衡的人则对售票员的嚷嚷面无表情，充耳不闻——谁不想早点儿到达自己要去的地方呢，你以为你公共汽车就是大爷吗？轮子想，谁都知道公共汽车不是大爷，所以他们当然有充分的理由对他们身边像百节虫一样的公共汽车不予理睬。

好在那个小礼堂就在这路车的终点，这使轮子有足够的理由不着急。轮子本来就是一个不爱着急的人。

"×你二大爷！"

轮子听见这粗俗的咒骂便不由自主地把头长长地伸出了窗外。这时候公共汽车的前半身已经驶过了街角，车子的后轮把那个倒霉蛋从自行车后架上掉到路上的两条鱼，还有肉、黄瓜、西红柿等碾得稀烂。

轮子看见车后截的售票员把头从窗外缩回来的时候，有些心有歉疚的表情。她自顾自地嘟嚷道："谁叫你不靠边，叫了多少遍，都不让，怪谁？"

那个今晚丰盛的晚餐被车轮嚼烂了的倒霉蛋，跨在自行车上除了咒骂不知如何是好。自行车的车流从他的身旁流过，并冲撞着他，他仍然站在那里，上下嘴皮不停地弹动着。没有一个人听他的咒骂，从他身边骑车经过的人甚至没有谁回过头去看他一眼。

轮子想，这不能怪大家，如果谁要回头，没准儿谁就会被别的车子撞倒在路上，那可不是闹着玩儿的事情，所以他们除了自己照顾好自己，没有别的余暇去管别人的闲事。

1

公共汽车上很挤，随着车子的扭动，车上的人也就像浪潮一样起伏不息。轮子从车窗外把目光收回来，看见自己手上的地图和晚报，便用报纸把地图卷了起来——轮子想到无数像自己一样的外省人把人家北京"原住民"挤得交通堵塞，挤得全身冒汗，自己好像就有一种捡了人家的钱没还人家的感觉。

轮子把手里的卷着地图的报纸紧紧地握在手中，有些下意识地抬起头来环视周围是不是有人注意到了他刚才的举动。这时候，轮子看见了她——其实首先看见的是她相当合体的下装，这么热的天，她还穿着一条苹果牌牛仔裤；她的上装则是一件米兰方格的短袖衬衣。轮子闻见她身上散发出的 Christian Dior 牌的 j'adore 香水。这种香水有一种多情善变的味道——在常春藤叶和甜美的柑橘果的香味中，你先闻到的是一丝淡淡的黄兰香，然后是玫瑰的芬芳散开。

她的一条腿就插在轮子的两腿之间，她不得不双手努力地抓紧头上的扶手，才不至于在一浪一浪因车的刹车、减速或加速而引起的惯性波中把自己的身体弄到别人的身上，尤其是轮子的身上——轮子是坐着的，不管她如何站立，不是她的屁股对着轮子的脸，就是她紧紧地绷着牛仔裤拉链的很平坦、很性感的小腹对着轮子的脸。轮子甚至可以看出她那最令男人心动的三角区。她实在难以侧身对着轮子，那不符合目前别人给她留下的空间。

对于她的小腹，轮子想到了"腹地"这个在军事上表示靠近重要中心的地区的词，还有就是一个台湾女诗人的一本诗集——《腹语术》。

轮子把头仰起来，便看到了她的脸。在轮子的目光中，她的眼睛浅浅地笑了一下，就转向了窗外。随即，轮子的目光也低了下来，轻轻地合着，就像是一时的小寐。轮子想，一个男人总是盯着人家丫头的腹部看，那也实在有点儿好色得外露了一点。

5

车到了终点站，轮子知道他也就到了距上演《情人》那个小礼堂不远的地方。但轮子是一个在北京极难辨别东南西北的人。在成都，问路时回答者从不会说东南西北这样的方位词，而只是说，往前或者往后，向左或者向右，方位是相对而不是绝对的。这一南北的差别轮子想过，这也许与日照有关。在四川，阴多晴少，难得一见天日，自然难以以通常的太阳的位置来分辨东南西北了；而北京，一年到头大都是日光充足的晴朗天气，自然也就习惯用抬头就可看见的日头的方位来应对绝对的方向了。

下了车之后，轮子一路上问了几个路人，虽然从他们的表情上轮子看出了他们想要回家的急切的心情，但他们还是相当认真地回答了轮子要去这个部委小礼堂如何走的问题。问题是轮子对他们的回答总是不能融会贯通，所以，问了三四个人，轮子才算遥遥地看见了那个贴着小剧场话剧《情人》上演海报的小礼堂。

从终点站到小礼堂，轮子非常留心地记住了如何行走的路线。从内心里讲，晚上回去的时候，轮子再也不愿意麻烦人家了。自己又不是弱智，干吗总是傻乎乎地去问路如何走这样低级的问题。

沿着小礼堂前的台阶上去，旁边有一个三个窗口的小屋和小礼堂连在一起。小屋两个小窗口是关着的，只有右边那个小窗口开着。

在天空的黑暗即将完全降临的这会儿，小窗口里的灯光射了出来，一些人从那里经过，他们便会把脸向街上转一转，那样子就像是这不速的灯光烫人，他们在转脸摆脱似的。

看见那个亮着灯光的小窗口，轮子在心里舒了一口气。就是刚才，轮子还在担心小剧场的票卖完了，他可就丧气了。不管这场戏好不好看，毕竟倒了好些趟车，问了那么多人的路，临到了点儿，却是 full（满），那自己真是就 fool（傻）了。

在轮子急匆匆地向小窗口走去的时候，他不小心碰着了别人的皮挎包（其实是别人的皮挎包碰着了他）。她站在路边像是在等人，有些不耐烦，便把手里的包往肩上甩，包就碰到了轮子的胳膊上。轮子站住，见是刚才那个在车上引起自己"腹思"的女子，便停了步，把本不该属于自己的道歉向她道了歉。轮子想引起她的注意。

轮子说："对不起！"

她看了轮子一眼，转过脸，像是在嘟囔："没关系。"

轮子有些扫兴。他一边自责着自己的自作多情，一边又迈开双脚向小窗口走去。她的皮挎包样子很好看，做工也不错，一定值不少钱。她也很好看，样子不凡，脸上的表情好像可以自如地变化，也许，也许是一个演员。听说北京有不少想往演员这个行当挤的人，北影厂门口每天都聚集着一大批男男女女。轮子这么想着，抽空又装着很自然的样子回了一下头，她还站在那里。

窗口前空无一人，很快，轮子就买了票。

卖票的人是一个剪着齐肩短发的中年偏小的女人，她对轮子说："最后一张了，位置不好，你就将就点儿吧。这是首场演出，差不多一场票都送了人，剩下的是送不出去的了。"

轮子付了钱，下了台阶，在听见小窗口砰的一声关上的同时，觉得自己背后的灯光也像一束橡皮筋一样弹了回去。这时候，街边的路灯都亮了，行人也比刚才少了许多。

街灯是什么时候亮的呢？轮子茫然地回想了一会儿，仍然没有答案，只好认为就是自己在小窗口买票的那几分钟时间内街上的灯亮了起来。现在，离《情人》开演还有一个来小时的时间，轮子不知何去何从。如果在街上闲溜达，一个来小时势必太长了一点，那还不把自己的腿肚子遛细了。轮子转过头想去寻找那个在公共汽车上引起自己遐想的女子，也就是刚才撩起皮挎包碰了自己的人。然而现在，在那个她刚才站立的地方已经没有了她的踪影，她背着那个看起来很昂贵的皮挎包去了轮子不知道的地方。她的皮挎包好像是 GiGi 牌的。

6

看见小礼堂的旁边有一个报摊，轮子抬腿走了过去。走到报摊跟前，轮子又改了主意。站在这个地方，可以看见小礼堂的后部有一个小型的放映厅，门口灯火通明，照着一张张场面火爆、人物突显的镭射片招贴。轮子想，在这夏天的傍晚，自己总不能站在街边的路灯下看报吧，也就只好到镭射厅坐一会儿了。

镭射厅的片子是连演的，一演就是三个片子，一张票十元钱；放完这一拨，镭射厅就清场，然后放五个片子的通宵。轮子没有想到是这样，这一个来小时，看两部没头又没有尾的镭射，要花十元钱，实在是不值。轮子并不想看什么镭射，知道这些片子意思不大，他只不过是想找一个舒适的地方坐一会儿罢了。

轮子在那里迟疑，一个梳着清水挂面头式、脸上并没有画得很

"专业"的女孩走到了轮子旁边，说："大哥，看镭射要不要小姐陪？"

轮子听出了她的东北口音，连忙说："不要，不要。"

女孩抬起头来，眼睛盯着轮子，见轮子有些慌忙的表情，脸上便流露出讥诮来，说："一起看个镭射，就把你吓的，又没人要吃你。"

说完转身就走了。

她走到远处，站住，背着夏天傍晚的风，低头点了一支烟，抽了起来。她把打火机打燃，低头点烟的那一刻，使轮子想起童话里的那个卖火柴的小女孩，还有两个网名："卖女孩的小火柴"和"拣姑娘的小蘑菇"。

轮子走到镭射厅的门口，掏出自己刚才买的戏票，对负责收票的小伙子说："我是来看戏的，戏还要好一会儿才演，我又没地方可去，想到里边坐一会儿。"

小伙子抬眼看了看轮子，说："给你减半，拿五元。"

轮子便从衣兜里掏了五元钱给小伙子，进了门。回头的时候，轮子看见收票的小伙子把钱装进了自己的口袋。在跟小伙子商量之前，轮子心里已经想好了，五元是最高标的，不能再多了，要不他真准备在街边找一个卖冷饮的小店，坐在小马扎上混时间了。没想到小伙子还真"实在"，不多不少正好要了轮子五块钱。

7

这个时候，正是品性良好的市民吃晚饭的时间，镭射厅的生意异常冷清就毫不足怪了。事实上，品性良好的市民是不太喜欢镭射厅这种地方的，这个地方几乎被热恋中未婚的人、已婚的婚外情人，甚至还有一些一点儿情也没有、只有性和金钱关系的嫖者和娼者占据；另外就是一些无事可做只好到镭射厅挨时间的人，譬如这会儿的轮子之类。

一进入镭射厅，就感到里边空调吹出的阵阵凉意，这让一路上饱受酷热的轮子感到惬意。

黑暗的镭射厅中闪烁着屏幕上动荡的光影。轮子站在门口慢慢把自己的瞳孔适应到正确的大小，这才找了一处合适的位置坐了下来。走在镭射厅中，轮子闻见了那种可疑的气味——烂苹果的气味。在不经意间，轮子已经看清了镭射厅中冷清的景象和冷清的景象中努力包藏着的暗火，在轮子看来，在角落里的三对男女都在这冷清的时间中做着他们想做的事情，他们努力压抑住的声音比喇叭里传出的声音都更生动。在这样的景象中，轮子成了一个不受他们欢迎的多余人。但轮子并没有想立即撤退，他不是心疼自己的五块钱，他的行为更像一个怀有嫉妒心的人的恶作剧——我拿你们没办法，你们随心所欲好了；我就在这里，不走，你们拿我也没办法。

就这样，轮子坐在这冷清的景象中，使三对热烈的男女不得不使自己的举动做得更加若无其事一些。

时间就这样慢慢地绕着圈，轮子很难使自己的注意力集中到屏幕上的人物和故事情节之中，事实上轮子也没有花一点儿努力去集中它，他只是任由自己的注意力就那么散乱着，飘游着。偶尔一对男女来到镭射厅，如果动静挺大的话，轮子都会漫不经心地把目光移过去。到轮子离开的时候，镭射厅里已经有二三十人了。后来，当轮子坐到了前面的小礼堂也就是今晚的剧场之中的时候，他还在回想着镭射厅中的景象，向来不辨东西的轮子甚至把小礼堂和镭射厅的相对位置想得一清二楚。

从椅子上站起身来的时候，轮子今晚所看的第二部电影正开始把故事推向高潮，但轮子看见手腕上的表已经不允许他再在这里多坐了。轮子毕竟是奔着小礼堂的小剧场话剧《情人》来的，他不会为了镭射厅中无聊的景象"丢了西瓜"的，何况这会儿镭射厅中的景象已经大异其趣了。

这时候，有一个坐在后排的女子也站了起来，她把抱在身上的包往肩上背的时候，轮子想起了那个不小心用皮挎包碰着了自己的女孩。轮子加快了步伐，却没有撵上，出了镭射厅的门，才知道这一带的夜市已经开始了。那个背着皮挎包的女孩在人流和摊贩中间行走，转眼就不见了。当轮子跨过小礼堂门前的一级级台阶，站在门口，偶一回头，才看见她站在那个明亮的路灯之下左顾右盼。

8

一进小礼堂，轮子就感到今晚的演出有些不一样。轮子找到自己的座位坐下来的时候，整个小礼堂几乎已经坐满了。轮子看了看手表，离开演的时间仅还有两三分钟的时间，人们已经安静下来，等待着台上的幕缓缓拉开。趁这会儿，轮子简单地打量了一下这个看起来已经有些年头的小礼堂——座位比较宽敞，每一排座椅之间的空间也比新电影院大，穿过的时候不会磕磕碰碰的。座椅的排列呈一种扇面向着舞台。墙上粗糙的表面很干净，说明剧场的管理还不错。轮子知道，施工者如此处理墙表面是过去年代里为了剧场吸音的效果。

舞台前摆放着十来个花篮，中间的走道上架着一台录像机，还有一些人的胸前挂着镜头长长短短的相机。轮子想起，买票时那个剪着齐耳短发的女人说的话——这是首场演出，差不多一场票都送了人。这么说的话，一场子的人不是戏剧界的腕儿（当然也包括混饭吃的）、各艺术门类的先锋精英，就是各新闻单位跑文艺、文化口的。难怪一股股舶来香水的气味，就从一些丽人的身上飘出来，飘到轮子的鼻孔里。轮子的鼻孔有些多愁善感的过敏毛病，但剧场毕竟是公共场合，轮子好不容易才忍住没把一个喷嚏打响。这让轮子很难受，不得不隔一会儿就不由自主地揉一揉鼻子。

最后一遍铃声响了起来，随之小礼堂顶上的灯光也关掉了，只留了四周墙脚处和走道边的昏暗的脚灯。轮子所坐的位置是十八排二十号，他的右侧是二十四号，二十六号则在过道的那边。轮子这时候才发现整个小礼堂都坐满了人，只有在他旁边的十八排二十二号位是空着的。轮子回头向双号门的门口望去，而那里并没有一个等待领位员领到座位上去的迟到的人。这让轮子有一种失落的感觉，就像自己被失了约。轮子的右手几次从扶手上滑到旁边的空座上，无依无靠、空空荡荡的空座散发出幽幽的冷来。

9

幕布这时被缓缓地拉开了，舞台上空很专业的灯光把舞台映照得很干净也很晴朗。

男主角走到舞台的中心，说：“今晚是《情人》首演，欢迎大家的光临，谢谢你们对《情人》的关注，希望你们喜欢《情人》。”

舞台右角处茶几上的电话响了，一个女人一边剥着葱一边从小厨房里探出头来，说：“Ａ，接电话，（声音小下来）他们要都喜欢了你的情人，你干吗吃去。"

《情人》就这样开始了。

《情人》已经开始了，轮子身旁的空座上却仍然虚位以待。

舞台上的情人们拉着生活这根橡皮筋，他们的距离达到某一数字的时候，他们要不就弹回到原处然后再拉开，要不就各自撒了手，去寻找新的情人，然而新的情人的结局也与此相同。好像他们在选择着情人，选择着生活，然而他们却不能选择结局。

这是悖谬的，也是真实的，就像轮子旁边的空座。轮子很难把自己的注意力集中起来，他的注意力被他旁边的空座控制了。

轮子前边的两个人不约而同地打了一个呵欠，然后说起了红包的事，声音虽然很小，但轮子还是断断续续地能听明白。

一个说："电影内部试映，或者要炒星，没有这个数下不来，可看这个破戏才给一百，真他妈抠！"

虽然轮子看不见两人如何在黑暗中掐了指头，但他却可以想象得到。在中国的许多乡镇，集市上买卖牲口的人一律都把手藏在袖笼里讨价还价。

另一个说："排这个戏死赔，他哪来钱给我们，没准他下个月就该卖家当了。唉，不易啊。"

轮子这才想到这两个记者样的人与牲口贩子有很大的区别，他们掐指头，只是互通行情信息而已。

10

就这样，轮子总是被一些舞台以外的一些事情所吸引。他已经回过好几次头，去看双号入口。轮子的举动已经引起了他左侧一个观众的注意，他低声地对轮子说："要不来，这会儿八成来不了。"

轮子不置可否地"啊"了一声。

他又说："我看你有点儿坐不住，她是你女朋友吧？"

轮子对邻座人的这句问话几乎是下意识地脱口而出："不是。"

声音不小，引得周围的人都转头看轮子。轮子不得不正襟危坐，把目光专注地投射到舞台上。

戏还在舞台上演着。轮子的眼睛中是舞台上的灯光、布景和说着话、走动着的人，虽然它们小如芥子，但它们却又栩栩如生。一想到这些，轮子就忍不住要闭上眼睛，眨眼之间就把这眼前的戏台子上的一切赶跑得无影无踪。

其实，即使轮子睁着眼睛，戏台子上的一切在他也视若无睹。他的脑子空空如也，就像他身旁的空座。

这个未能在自己应该填充的座位上存在的人在有可能与轮子相遇的时间中空缺了，这是使今晚无处可去只好倒了两次车跑到这里来看戏的轮子烦躁、内心空落的主要原因。

这个人是谁？

这个人有着怎样的长相？美还是丑，或者普普通通、过目即忘那种？

这个人是男的还是女的？

是老人还是年轻的抑或中年人？

作为一个写诗的人、一个写小说的人，轮子的想象力在此时此处，甚至从此之后，受到了挑战。你说，轮子沮丧不沮丧？

不知道今生今世，轮子的大脑中是不是永远都会有一张空座，旁边的空座，就像时空中的空白，没有任何符码，所以不能被诠释。

对于刚刚来到北京的轮子，他想，也许这个晚上身旁的空座将是一个预兆，它预示着轮子在北京的生活中，将有一个永远无法填充的空落落的括弧，一个被悬置的空白点。

还有失踪了六年的小妹，也是轮子生活中空空如也的括弧。

11

轮子不知道戏是怎样演完的。这出戏给轮子留下的最深的印象是电话——家里的电话，电话亭里的电话，还有手机以及他们腰间不断作响的 BP 机。他们借助电话来编织自己婚外的情感世界，但也因为电话，他们的情感世界千疮百孔，甚至可以漏过自己。

秋末北京的夜晚已经有了丝丝寒意。出了小礼堂，轮子就往车站走，就这样，当他坐三趟车赶回自己所住的地下室，差不多会是夜里十一点。坐第一趟车，大约因为就在附近的小礼堂中的戏演完了的缘故，车上还显得有些拥挤。当轮子换上第二趟车，车上就空多了。街车摇晃着在街上行走或者笨拙地转过一个个街口，丁零哐啷、吱吱咔咔的声音使人牙齿发酸。轮子坐在中间转盘处的座位，这地方扭颠得更厉害。在街车再一次转弯的时候，因为离心力，轮子差点儿被车子甩下座位。轮子站了起来，他不想坐在这里受这份罪，想重新找一个座位坐下来。

这时，轮子看见了她，那个下午在车上站在自己面前的女孩。她坐在最后一排靠右边窗口的座位上，旁边空着一个座位，怀里抱着那个曾经碰了自己的牛皮挎包，GiGi 牌的。她的脸向着窗外，街边五彩缤纷的霓虹灯灯光不断地掠过她的脸，她坐在那里却一直没有把头转回到车厢里。她看上去是那样的淡漠、厌倦和孤独。

轮子并没有走过去坐在她的身边，他就站在车厢的中间，死死

49

地抓住吊环，把目光从她的身上收回来，收回到自己的内心中。两站之后，她一个人下了车，消失在街头的灯光后面。

　　这是偶然还是必然呢？在另一个时空中，在轮子不知道的时空中，那个无意或者有意制造了一个空座的人在干什么，有什么事件在他（性别未知）的身上发生。或许，在这个城市的另一个地方，他也正在被另一个"空座"所困扰。想到这里，轮子的嘴角向上拉了拉，笑了。

第四章　伤逝

1

轮子来北京之前不久，棋死了。那段时间，杯子的心情糟透了，与人几乎没有联系，整天沉湎在回忆之中，骑着自行车去寻找和回忆那些与自己和棋有关的地方。

棋大杯子十岁，但却是杯子的初恋。

在杯子十五岁那年，棋二十五岁，离开北京去美国，杯子再也没有见过她。杯子上大学的时候，棋回过一次国，但杯子在重庆上大学，没有见着棋。在杯子二十八岁再次见到她的时候，她却死了。

也许正是杯子的自顾不暇，使杯子不能知道轮子要来北京和已经来了北京。杯子和轮子通常都会在半个月左右的时间里通一个电话，而这段时间，杯子和轮子一个来月都没有联系过了。

2

杯子不知道棋到达北京的日子，就连姐姐也不知道，要是杯子和姐姐知道的话，一定会到首都机场去接棋的。棋已经十年没回国了，这次回国，她准备回国定居，带了好多东西，是她的哥哥和叔叔开着两辆车去机场接的她。

而棋的一些画还在海运的船上，她已经计划好第二年在全国搞一个她的个人巡回画展。

棋回到北京的第二天，姐姐接到了棋的电话，棋急于见到她的死党等一干好友们。

在凯莱，近二十个老姑娘和少妇们一起狂疯，尖叫惊呼，闹翻了天。

晚上杯子有点儿事找姐姐，打电话到姐姐家，姐夫告诉杯子，棋回来了，姐姐和棋聚会去了。杯子这才知道棋从美国回北京了。

杯子拨了姐姐的手机，电话接通的时候，里边的声音热闹异常。

"姐，你能听清我的声音吗？"

"是杯子吗？听不太清楚，你等一下，我到屋外去。"

"姐，你是和棋在一起吗？"

"是的。"

"棋回北京，你怎么不告诉我一声呢？"

"她昨天刚回来，我也是今天才知道的。刚才棋还说起你呢，她要了你的电话，她说随后和你联系，要见见你。"

"现在我可以和她说话吗？"

"好吧，我喊她一下。"

杯子的耳朵一直贴在话筒上，等着和棋说话。杯子的心怦怦怦地跳着，杯子不得不用深呼吸来平稳情绪。十年了，又可以听见她的声音，看见她了。

"棋，棋，是杯子，他要和你说话。"在电话中，杯子听见姐姐推开门大声地喊。

"杯子是谁呀？"好些人问。

54

"我的小情人！"棋说。

在电话中，杯子又听见了他熟悉的棋的笑声。

"死丫头，别瞎说！"是姐姐的声音。

"喂，是杯子吗？"

门关上的声音之后，电话里一下安静了下来。

"我是杯子，棋，你回来啦。"

"我回来了，不走了，准备在国内定居。杯子，你还好吗？"

"就那样吧，马马虎虎。棋，你还记得你十年前给我画的那幅油画肖像吗？"

"记得，画得不好。我抽时间哪天重新给你画一幅吧。我都不知道你长得什么样了。"

"好呀，我可以做你的模特儿。"

"裸体的可以吗？"棋笑的声音仍然像十年前一样清脆。

"当然，要做就做裸模。"

"杯子，你长大了……"

"棋，那幅画我一直保存着。我搬了好多次家，一直带着它，它总是挂在我的床头上。"

"杯子，你自恋呀你。"棋嘻嘻地笑。

"不是自恋……"

"明天下午四点，我请你喝咖啡吧。然后听你的安排。北京这十年变化好大，我已经不熟悉了，地儿你挑吧。"

"那我们明天下午四点在三里屯北街的上岛咖啡厅见面再说吧。"

3

第二天的下午四点，杯子没有在上岛见到棋。事实上，在上午

55

的时候，杯子就已经知道自己再也见不到棋了，再也听不见棋的笑声了——杯子和棋已经阴阳两隔。

到了夜里十一点过，棋和她的死党们结束了聚会。因为事先打了招呼，聚会时大家少不了要喝酒，所以开车到凯莱的人很少，就连平时从不喝酒的姐姐也都没有开车去。大家都准备打的回家。

分手的时候，姐姐对棋说："我打的先送你回家，然后我再回家。"

棋说："不用不用，各回各家吧。"

巧的是大家没有一个是和棋同路的，好多人都说要打的送棋回家，但都被棋谢绝了。

棋的爸爸妈妈现在住在鼓楼外大街西侧的一幢三室两厅的楼房中。棋打的回家，在出租车驶到鼓楼外大街地下过街通道那里的时候，棋叫师傅停了车，她想下车之后自己穿过通道走回街西的家中。如果不是这样，出租车就得一直往北，在可以掉头的地方再绕回来，那样就远了。

棋不知道危险正在逼近她。走下地下过街通道的时候，她还在想，自己在美国十年都毫发未损，回到北京会有什么危险呢。

在地下通道，抢劫者手中的一根木棒从棋的身后猛击在棋的后脑上。

4

棋青春俏丽的明亮容颜在杯子的心中淡漠了十年之后，重又梦幻般缠绕住了杯子。那是十年前的如烟往事了，依稀的记忆宛若梦中的情爱，心中盼望的情景总是不能如愿达到，甚至南辕北辙。

那年，杯子十五岁，棋二十五岁。而棋却再也不能从那扇两层小红楼的窗户中伸出头来喊："杯子，上来！"

棋是杯子姐姐的同学，姐姐和棋俩人脾气迥异，却好得像一个人似的。杯子姐姐文静，有点儿林黛玉；而棋却假小子一样，爱疯爱闹。

杯子和姐姐从八宝山殡仪馆中出来，走到洒满阳光的广场上，半天没说话。

看得见南面山上秋天的红叶，看得见一只大鸟悠然地在蓝色的天空中扇动一气翅膀之后，一动不动地停翅滑翔和转向回旋。

"去我家吧？"姐姐对杯子说。

杯子点点头，跟着姐姐走到车前，拉开车门，坐了上去。

姐姐戴上墨镜，启动了车。八宝山殡仪馆东边的巷子有些失修，有两三个鸟巢坐落在巷子两侧高大的树上。好久没下雨了，路上铺着厚厚的尘土，车子驶过，尘土和石粒就在旋转的车轮下腾跳起来。

在棋离开北京的最初两三年中，杯子是怀着害怕和渴望的心情来思念留着杯子少年情怀的那座临街的小红楼和棋的。但时间无法抗拒，在逐渐拉长的岁月中，小红楼和棋都日渐淡漠，一俟真正的青春来到杯子的身上，杯子的目光便毅然地投向了北京城中那些毫不含蓄地展示自己丰满胸怀的异性。

姐姐一家住在后海的一个四合院中。姐姐把车停在院门前，把杯子让进了院子。院子里很安静，好像一家人都不在家。

在客厅里，姐姐说："想喝什么你自己在冰箱里拿吧。我有些累，想躺一下。然后我们一起上街吃午饭。"

然后，姐姐进了卧室，掩上了门。杯子知道，这些天姐姐一直在忙活棋的丧事，他却什么也插不上手。

杯子在沙发上坐下来，眼睛发热。这些天杯子几乎没有好好地睡过觉，他没有什么要做的事，但就是睡不着，一闭上眼睛，就看见棋，就忍不住回想起他和棋的过去。

　　茶几上放着一摞影集，杯子拿起来一页页地翻。那些十年前杯子和姐姐、和父母在一起的发黄的照片，一张张飘过杯子记忆深处的眼睛。这些照片的天空中，无一例外地飘浮着怅然若失的云絮。

　　棋的照片就在这时从影集中滑了下来，像一张薄薄的瓦片从水面沉到水下，那样子给人一种醉酒的人赶路，欲速不达、忽走忽停的感觉。

　　棋的脸上散发出花的芬芳，齐肩的头发微微向身后飘着，镀着一层金色的光边。那一缕向后飘起的发丝甚至被阳光照得透明起来。照片上的棋呈现给杯子的是一个成熟女人自然迷人的魅力，那种安静、柔和中的干练令杯子有些目不转睛。

　　棋的身后是一幅油画，上边写着棋的名字，是棋的画作，名字叫《白丁香》。

　　屋中的陈年旧事，屋中的潮湿，屋中时间积留下来的灰尘，以至曾经在这个屋子中留下来的人的、物的气息在窗外射进来的光线中极其缓慢地扭曲、交揉、升腾着。

　　杯子被光线照耀，感到身体中的某个部位和心灵中埋藏的记忆被这光柱中溢出的物质灼烧，发出"咝咝"的声音。杯子手中照片明亮光滑的胶膜把光线中的部分阳光反射到了屋中的别处。哪怕光线中的照片有小小的晃动，它反射的阳光都会夸张地在房间中扫来扫去。

5

窗外的景色和逐渐开始喧闹起来的车声和人声依稀地走进了杯子的梦中，在杯子接近那个临街的小红楼中的窗户时，那一张脸在熹微的晨光的映照下，摇摇晃晃地出现了。但此时杯子的大脑却莫名其妙地出现了"梦"这个字眼，所以杯子矛盾地抗拒了几分钟后，还是睁开了双眼。杯子的眼睛又肿又胀。秋天早晨的阳光正像一颗饱绽硕大的红墨落在了一张薄薄的宣纸上，铺展、弥漫、洇濡开来。杯子站在窗前，看到了那屋外槐树上的翠绿的叶子，在夏日的晨光和风中发出嗦嗦的声响。

杯子想起照片上棋身后的那幅画。

白丁香的花和叶上似乎还挂着晶莹的露珠。那个临街小小红楼第二层上的窗口，其实那摇摇晃晃的并不是棋的脸，而是挂在窗口的一盆白丁香在早晨的阳光中迎风摇曳。在虚幻的梦境中，那两枚翠绿的叶子看起来很像棋细长妖媚的眼睛。

6

杯子打的来到万寿寺，然后沿着长河向西偏北的方向走了一段，在河边坐了下来。杯子知道，一直沿河走下去，可以走到颐和园。

快二十年没来这里了，杯子再也找不到当年夏天的夜晚棋和姐姐下河游泳的地方。

那年的夏天，棋和姐姐参加完高考，两人都觉得考得很理想，考入第一志愿没有问题，两人就想放松一下。棋突发异想，好说歹说，终于说动姐姐和她一起跑到长河来夜泳；而杯子则被她俩抓来充当看守，看守她们留在岸上的衣裳。

河道修整了，两岸沿河铺了平整的步行道，砌了整齐的石栏，过去那些房屋也都不见了，就连河边的树也好像不再是过去那些树了。

也许杯子根本就已经忘了那段河流当年的样子。

是的，"人不能两次踏进同一条河流"，覆水难收，时间一去不返；逝去的岁月留下的只是充满想象、幻觉的记忆，而不能再现、重逢。

夜已经深了，河中倒映着朦胧的灯光，灯光在水波中抖动，静夜中的长河穿过繁华京城的西北角，发出均匀而又平静的声响。流水腥郁的气味从河面上升起来，弥散在两岸。

河的两岸没有行人，也没有谁像杯子一样在河边静坐，只有西三环上仍然不息地奔驰的车河，穿过空气的声音和一些在夜里可以驶上三环的载重车的轰鸣声。

7

杯子低着头，一直看着自己的鞋尖。

杯子聆听着水声，却迟疑着不敢扭头去看河中那轮静默的月亮。在杯子寻找的梦幻之中，月亮从水中升起时那水声是玻璃或冰晶打碎的声音，那一声声音飘满了杯子少年时代无数个夜晚的天空。水淋淋的月亮身上的水珠中悬挂着无数的月亮和星星。无数个月亮和星星总在杯子走近时蓦然消失，滑落在河中，无影无踪。

杯子闭上眼睛，发现二十八岁的自己正在远离身处的夏天，远离了自己寻找中的守望。十岁的杯子正在走来，步子轻快得连跑带跳，却又无声无息。

杯子坐在河边，脚垂在河中，低着头看自己的双脚不断地打水。在凉爽河风的抚摸下，杯子仍然紧张得头上冒汗。

"你敢不敢，咱们裸泳吧？"这是棋的声音。

"死丫头，别疯了，我害怕得要命，我想上岸了。"姐姐说。

"别价，既然都下河了，就多游一会儿好了。"

"要是我爸妈知道，我可就惨了。"

"杯子不说，没人会知道。"

"快点儿吧。"

"……嘿，我潜泳过去，拉杯子的脚，吓他一跳。"

"哎，哎，别，别……"

棋和姐姐说话的声音和她俩游水、撩水哗啦啦的声音清晰地传进了杯子的耳朵。城中繁密的灯火开始在杯子的眼睛中呈现出虚幻的风景，喧闹、嘈杂、人人都急匆匆地行走着的都市似乎越来越遥远。十岁的杯子不知道是应该听棋和姐姐的话，继续留在原地老老实实地守在这里，为姐姐和棋看守衣裳呢，还是一个人奔跑回城里，回到那个热热闹闹的地方。当杯子决定真的想从这无人的河边回到城里的时候，却又迈不开自己的脚步。这时的杯子鬼鬼祟祟地把头抬起来了，棋和姐姐一会儿自由泳，一会儿蛙泳，一会儿仰泳，她俩穿着小小泳衣的白皙的身体，在河中像是一团白色的影子在起伏浮动。

随着河风，飘来一阵阵香皂醉人的气息和河水、水藻泥腥的味道。在白雾的晃动和这种气味的熏吹中，杯子感到自己的头像气球一样胀大，最后濒临爆炸。头晕目眩、口干舌燥的杯子突然意识到自己竟然不再冒汗了，而且与刚才恰恰相反，杯子想喝水，杯子在发冷，杯子感到一股尿意冲荡自己胯下的小鸡鸡。杯子忙不迭地掏了出来，却怎么也尿不出来。这时的杯子差不多要急得哭了出来。

杯子不知道河中那个响亮、畅快、放荡和另一个谨慎、小心翼翼的声音是如何消失的。棋和姐姐上了岸，从杯子怀中拿了她们的衣裳，到那边的树丛里换了。杯子仍然坐在河边上，双脚浸在水中，全力以赴地对付眼前无法解决的困境。直到棋和姐姐穿好衣裳从树丛中走了出来，杯子仍然没有尿出来。

姐姐喊："杯子，走啊！"

杯子只好站了起来，装出一副自然的样子跟在姐姐和棋的身后往城里走。杯子忘了把小鸡鸡塞进裤裆了，走了好远，才突然想起。杯子一低头看见自己的小鸡鸡，脸霎时就在朦胧的月光中红了起来。尿就在这时喷涌而出，一道晶亮的射线射向河中，河上飞舞的蜻蜓和蚊虫向着杯子的尿柱蜂拥而来。杯子一看到这些蜻蜓和蚊蚋扑向尿柱，然后又大失所望地离开，竟禁不住得意地笑了。

姐姐和棋远远地站住，等待杯子尿完尿跟上来。一只青蛙扑通一声跳进河中时，杯子终于尿完了最后一滴尿，然后一身轻松愉快地把自己的小鸡鸡小心翼翼地收藏进裤子之中。杯子注意到河中的蛙鸣叫得是那样的明亮和繁密，感到这稠密的蛙的声音逆着流淌的河水，蜿蜒地穿过北京的郊外，一路闪烁到了远处的颐和园。

这使十八年后的杯子在月夜里再次来到长河边时，一下就想到了天空中迷人的银河。

那年秋天来到的时候，棋考入美院，杯子的姐姐则考入医科大学。

62

8

　　杯子几乎用尽了所有的力气，也没有抗拒住自己走近那座小红楼、走近小红楼上那扇窗口的愿望。

　　回首刚才走过的街市，杯子的脑子中竟毫无情景，一片空白。杯子似乎走了极其漫长的时间和道路，路上的经历因时间的湮没变成了空洞的记忆。尽管杯子的步履是那样的缓慢，却仍然无法终止那座临街红楼、那扇窗户在预期的地方出现。

　　杯子站在小楼的街对面，小楼在夕阳中把影子渐渐伸到了杯子的脚下，然后爬向杯子瘦弱的双肩。这阴影的触摸像静无声息的小猫爪子，给杯子一种幽凉的感觉。

　　窗口上并没有什么白丁香，只是挑着一件小女孩的方格子的背带裙。窗户和窗户四周的木板在杯子到来之前就已冒出了弯曲如河流、如山间梯田的木纹。朱红的漆已经斑驳得面目全非了。那洞开的、屋内无人走动的窗户变得越来越黑暗。

　　杯子走过街去，一辆自行车响着连续不断的铃声逐渐远去。杯子走到楼下的院门前，静静地站立了一会儿，这才举起手来，用右手的指节叩响了木头门扉。

　　"门没别住，快上来，杯子。"

　　棋从小楼的窗户中探出头来，对楼下的杯子说。杯子小小的身体一闪就进了院子，身后的黄书包在杯子上楼梯的时候就像一只笨拙的鸟不断地飞起落下，拍打着杯子十岁的屁股。杯子不知道他是从什么时候开始经常一个人来小红楼，来找棋的。杯子一个人没有行动自由的时候，杯子只能做姐姐的跟班，想方设法知道姐姐出门是上街，还是去找棋玩。如果是找棋玩，杯子就会紧紧地跟着姐姐，姐姐烦也没办法。大约是上小学二年级的时候，杯子就一个人不断地来到棋住的小红楼。杯子的理由多种多样，来找姐姐啦，或者问棋语文啦、算术啦各种各样的问题。

这院子好像没有人住似的，安静无比。杯子的手稍微一用力，院子门就发出了一声惊讶的叫唤。这一声突然的叫唤使杯子自己也感到诧异。杯子站在推开了的院门前，一时间竟不知道是该进还是该退。是那座院子一角中铁架已经锈迹斑斑，而绳索和木板在风中轻轻摇晃的秋千使杯子最后下定决心走进院子的。这时候杯子的心中突然被夏天的夕阳照亮了，院中的花圃夹杂着杂乱的野草，那些盛开的花朵的芳香仍然无法掩盖它们脚下衰落腐烂的气息。这个新生和衰落相杂糅的味道给人嗅觉一种奇怪的刺激。杯子熟悉这种气味。每一次，当杯子和他的女朋友最后安静地把身体分开、并肩睡去的时候，这种气味就会弥漫进杯子的鼻腔，使杯子在迷梦中也忍不住想打喷嚏。

那个夏天的下午，杯子就是在这种气味中无聊地翻看那本毫无趣味可言的连环画的。棋在院子中洗头，她满头的白色泡沫发出了这种使人烦躁不安的气味。

"杯子，快把桶里的水舀一瓢来，香皂水流到我的眼睛里了。"棋弯着腰，闭着眼睛，在院中喊杯子。

杯子把一本连环画扔在小板凳上，跑过去，从棋身旁的塑料桶中舀了一瓢水，淋到棋的头上。

水流顺着棋的头发奔流而下，棋头上的白色泡沫在水的冲击下溃不成军，噼里啪啦地破灭流失了。棋揉搓乱了的头发又复归黑缎般平直的样子，像一帘瀑布垂落着，遮住了棋的脸。发梢的水还在不断地凝聚成气泡，或者水珠，然后滴滴答答地滴到棋面前的盆子中。这些不断形成的气泡和水珠在夕阳中就像一串串闪闪烁烁的璎珞。

杯子就是在这时看见棋的乳房的。棋因为还未清洗净刺激眼睛的香皂水，她不得不仍然眯着眼，不得不仍然弯着腰。弯着腰的棋的衬衣离开了她的前胸，向前垂着，站在旁边的杯子从棋的肩侧看下去，一眼就看见棋两个丰满结实的乳房和乳房上两颗像野草莓一样红色的乳头。杯子无力躲避这突然出现的景象，木头一样站在那里，痴呆的目光似乎经历了一个漫长的闰年，嗓子紧张，说不出话，没有喉结的喉咙整整响了三次。

"再舀水呀，杯子……"

"再舀水呀，杯子……"

棋的声音在杯子听来是那样的遥远和微弱，直到杯子手中的水瓢掉下来，砸在棋的头上，棋疼得叫起来，直起了腰，杯子才从晕眩中醒悟过来。手忙脚乱的杯子捡起地上的木瓢，以百倍的细心和认真重新帮助棋冲洗头发，这才使生气的棋饶了弹杯子额头的惩罚。

洗完头发的棋用手指狠狠地戳了一下杯子的额头，喜怒交加地说："你这个笨手笨脚的杯子！"

杯子的脸一下就红了。

杯子的身影在夕阳中拖得很长。从去年的那个夜晚到今天，杯子长大了一岁。这一岁对杯子来说胜过十年。从去年的那个夏天的夜晚开始，杯子有了这种窥看棋身体的渴望。现在，杯子心中莫名的等待和躁动终于有了真实的影子。

杯子这个十一岁的下午就这样结束了。

杯子从院子中退出来，院中的秋千和盛开着花朵的花圃在杯子

65

的眼睛中逐渐模糊起来。楼上的灯有一盏亮了。巷子里的一个院门前站着一个女人，她抱着一个婴儿，轻轻地拍着，哼着一首歌谣，婴儿躺在她的怀中欲睡未睡。这个女人哼出的歌谣那么轻柔动人，像一股凉凉的风声一直在杯子身后尾随。

在家家户户响着锅盆碗盏的声音中，在飘出饭菜香味的平常日子中，杯子穿过窄小的街巷向长安街走去，想回到那宽阔明亮的大街上。

9

杯子知道棋已经办好了出国留学的手续，还有一个星期，她就要离开北京飞往美国了。杯子来到小红楼下，向着窗户喊："棋！"

棋从窗户中伸出头来，向杯子招手："杯子，上来！"

杯子推开院门，推开小红楼的门，快步地向楼上跑去。

是下午三点过，小红楼里安静极了。杯子的脚踩在木头的楼梯上，发出吱吱咔咔的声音，好响。

棋的屋子不小，既是她的卧室也是她的画室，所以她的屋中总是有松节油和油画颜料的气味。棋的窗户在白天开着通风，但仍然无济于事。

屋的墙上挂着棋画的油画，还有好些没挂的，堆在屋角。

棋的屋子很乱，沙发和床上都扔着她的乳罩内裤什么的，见杯子来了，她才忙不迭把它们收起来，团在一起，塞到床头柜中。

棋坐在床上，杯子坐在沙发上。

"今天下午怎么没上课？"棋问杯子。

"有一节体育课，然后去电影院看电影，我请了假。"

"什么电影呀？"

"教育人的电影，没劲！"说完，杯子从沙发上站起来，走到窗前，无聊地向外望着。

棋开了一听可口可乐，走到杯子身边，递给杯子，和杯子并肩望着窗外的小巷，杯子发现十五岁的他已经和二十五岁的棋长得一样高了。

杯子接过棋递给他的可乐，放在一边，说："棋，我会算命，我给你算命吧。"杯子跟他的同学学会了这种最低级的骗女孩子的把戏，因为这样可以趁机拉住女孩子的手。

"你，小屁孩，还会算命？少来。"棋用怀疑的眼神看着杯子。

棋怀疑的眼神有着一种媚人的、让你致命的魔力。

杯子抓起棋的手。杯子只是想给棋算命，看一看她的爱情婚姻线。棋却不让杯子给她算命，她往后猛劲一抽，把杯子抽了一个跟斗，栽在了她的身上。

杯子顺势抱住了棋。棋使劲挣扎，想挣脱杯子的拥抱，杯子却紧紧不放。

"杯子，你干什么？"棋压低声音说。

杯子不说话，只是紧紧地抱着棋不放手，头埋在棋的肩上，杯子刚长出的细绒般的胡子贴在棋的后颈上。棋拼命想掰开杯子的手，掐杯子，指甲陷进了杯子的肉里，杯子也不放。

棋的身体有一股杯子从未闻过的香味。穿着睡衣的棋没有戴乳罩，杯子紧贴着的胸口可以明显感觉得到棋双乳的饱满和结实。

杯子和棋就那样无声地搏斗着，直到杯子的眼泪流出来，打湿了棋的脖颈，抽泣起来。

听见杯子哭泣，棋突然不挣扎反抗了，一直在掐杯子、扳杯子手指的双手松开搂住了杯子。

"杯子，你哭了？"

棋扳起杯子的头，吻杯子脸上的泪水。当棋和杯子的双唇碰在一起，杯子几乎要晕倒在地上。

杯子和棋摔倒在床上，杯子手忙脚乱地解着棋的睡衣扣子，不得要领，最后还是棋自己脱光了衣服。

杯子三下两下扯下自己身上的衣服，压在了棋的身上。那是神秘的所在，杯子不知如何是好。

棋在杯子耳边轻轻地说："杯子，别急，别急……慢慢地……"

在棋的指引下，杯子进入了棋的身体。杯子就那么趴在棋的身上，听凭棋在杯子的身下一次次地挺起。

"杯子，杯子……"棋不断地喊着杯子的名字。

杯子也一声声地喊着："棋，棋……"

汗水打湿了杯子和棋的身体，棋用舌头舔杯子身上的汗，杯子也学着棋的样子用舌头舔着棋身上的汗。棋突然低声地对杯子说："别动，杯子！"

然后，棋的身体就在杯子的身下绷直了。

与此同时，杯子身体中的野马也腾跃而出，像流星一样飞射进棋美妙黑暗的隧道，到达光明的顶峰。

杯子少年的童贞就这样完美地结束了。

多年之后，杯子都记得后脑仁掠过的那道闪电。

10

在八宝山送别棋的那天下午，四点钟，杯子来到三里屯的上岛咖啡厅，要了两杯咖啡。

屋中咖啡的浓香在空气中浮动，桌上的两杯咖啡袅袅地游升着两缕滚热的白气，在空中交织在一起。

　　棋去美国的那天，杯子没有去送棋，杯子怕他当着那么多人的面流泪，那将是一件多么难堪的事情。

　　送别棋之后，姐姐回到家中，她把一个白色扁纸盒给杯子，说："这是棋给你的，她这些天这么忙，还为你画了一张油画肖像，说是留给你做纪念。"

　　杯子接过盒子打开，把画抽了出来，深深地呼吸了一口新油画散发出的松节油的气味。

　　棋还给杯子的肖像配了金色的、有着洛可可纹样的木头框子。画上的杯子有一点点笑意，但在笑意背后，似乎又藏着调皮和狡黠。杯子知道，只有杯子和棋知道，杯子的眼神中藏着的秘密是什么。

　　姐姐说："画还没干呢，别摸，挂到墙上去吧。"

　　姐姐仔细看了看画，又说："这幅画很有一点棋喜欢的美国女画家玛丽·卡萨特的风格。"

　　杯子找了一颗钉子，钉到墙上，把画挂上。

　　姐姐突然说："今天是星期天，你又不上课，怎么不去送棋呢。我走的时候，到处找你都找不到，一大早不知你跑哪儿去了。"

　　杯子只好说："我和同学提前约好了，有点儿事。"

　　杯子就坐在上岛咖啡厅中，慢慢地回想那些与棋有关的事情。

　　咖啡慢慢地凉了，不再有如缕思念的白气从杯中升起。杯子静静地坐在那里，夏天浓郁的阳光透过玻璃墙斜射进屋中，在室内的空调中变凉，照在杯子的身上。杯子一口咖啡也没喝，就在那里坐了一个小时，然后走出来，走到喧闹的三里屯街上，像一个无所事事的人，混在人来人往的人流中。

第五章 证件

1

二十八岁以前的轮子是一个丢三落四的人，这一点毫无疑问。二十八岁以后，也就是说，轮子二十八岁那年在北京遭遇到的那个把自己弄丢了的事件之后，轮子再也不丢三落四了。

一个人的习惯，好或不良的习惯虽然根深蒂固，但是一次深入灵魂的当头棒喝，却可以以四两拨千斤的巧妙力量改变之。对于这一点，二十八岁以前的轮子并不相信，但二十八岁以后的轮子却深信不疑。

轮子二十八岁那年的经历粉碎了他过去的固执想法，或者说粉碎了他过去丢三落四的不良习惯。

2

鉴于轮子丢三落四的不良习惯，轮子每次出门，他奶奶都要特别嘱咐轮子带好自己的证件。

轮子辞去成都的工作，临到北京前，回红桔园去看奶奶。

奶奶说："你把你的证件带好了吗?"

轮子说："带好了，就是身份证、毕业证、学位证。"

"出门的时候，一定要把自己的证件带好，我们那时候出门，就是十里地也要到保长那里开路条。"

轮子知道证件的重要性，这一点可以肯定。谁都知道，一个没有证件而又在自己家以外的地方生活，甚至是行走旅行的人，都很有可能就会被他人认为是"盲流"或者"游民"。

我们所处的时代和社会早已不是唐·吉诃德的时代和社会了，我们不能像唐·吉诃德那样骑着毛驴到处跑。唐·吉诃德的屁股后面好歹还跟着一个侍从桑丘·潘沙，我们出了门却只能靠我们自己。

我们的侍从就是我们自己的个人证件。证件从一定程度上可以帮助我们安全地在一个陌生的地方旅行。而一个在陌生的地方又没有证件的人就成了"盲流"，行也无法行，住也无法住。遇上特殊情况，譬如，警察盘查漏网的罪犯，没有证件的人那霉倒得就更大了，弄不好还会在局子里蹲上几小时或者几天，直到警察们弄清你的来龙去脉，弄清你的身份为止。

实在弄不清，你就会被收容，像一个在押犯一样被驱送回家。

3

那天是星期天，轮子一大早就离开地下室旅社，去国展参加人才招聘会。

那一天距离北京市一个盛大庆典已经很近。北京市邀请了国内国外的许多友好人士和团体参加北京城的庆典，但在庆典期间，出于吃住行接待方面及其他诸多原因，未有正当理由的人的滞留就会受到有关方面的限制。除有特别的原因外，这期间在这个城市的外

74

地人都会被有关方面有礼貌地劝其回家。

这毕竟是中国以及首都北京城历史上的一件大事，所以这个庆典的准备工作必须非常审慎充分。对于这一点有人理解，有人不理解，一家报社甚至在报纸上对这个问题展开了争论，但最后争论就不了了之了。

对于轮子而言，他对这个盛典并不感兴趣，他感兴趣的是自己要尽快找一个工作，尽快和北京这座城市的人融合在一起，然后盼望着某一天突然与小妹在北京的大街上相遇，而不是像一个飘浮物一样没着没落。

在招聘会上，轮子的应聘还比较顺利，一家报社、一家杂志社、两个电视节目制作公司的负责人看了轮子的材料，都表示了相当的兴趣。

这对轮子来说，不能不说是一件高兴的事。

1

在回旅社的路上，轮子看见路边有一间小小的礼品店，就走了进去。小店里的东西不少，大多都是"舶来品"，琳琅满目。轮子进门时不小心碰着了吊在空中的风铃，风铃就摇荡着发出悦耳的声音，煞是好听。

也许用不了多久，轮子就可以搬出地下室旅社了。轮子想给小周买一件小礼品。

轮子在旅社里住了十多天，几乎一直是小周值白班。轮子住了一周之后，两人熟了，小周有好几回还拿了各种水果，送到轮子的房间给轮子吃。轮子感觉得到，小周对自己不错。有一天晚上，小周还带轮子去滚蹦了一迪舞。刚蹦时，两人还相离较远，后来，两人就自然地近了。小周呼出的气息和她身上香水的味道使轮子不免有些目乱神迷。但轮子的胆子不大，加上又是出门在外，何况轮子也不知道小周心里有什么特别的想法，轮子自然就没有什么进一步的举措。

还有，每到这样的时刻，轮子都会想起小妹。轮子也想过，譬如小妹就是小妹，小周就是小周，两人并没有必然的关系；即使他与小妹有关系，和他与小周关系也不一定有什么必须回避的关系。想尽管这么想，但轮子做不到。

第二天早上，小周到轮子的房间里换床单，轮子急忙自己动手，把自己留有昨夜梦中遗迹的床单卷了起来。卷的时候，轮子的脸还微微有些发红。

轮子在店里为小周选了一件风铃。轮子想，小周是自己到北京之后，第一个可以在内心里给自己一些安慰和温暖的人。

5

一路坐车或者溜达着回旅社的轮子，因为好像马上就有了适合自己的工作而心情愉快，加之到北京之后遇到了小周这样让人喜欢的丫头，又眼见因盛大的庆典在即而街道整洁、彩旗飘飘的北京街景，轮子便愈加喜欢北京这座中国政治经济文化中心的首都了。

快到旅社门口时，轮子的右手条件反射似的伸手去摸他那装着身份证、宾馆出入证和毕业证、学位证的棕色皮拷包。轮子伸入包中的右手就像轮子用他吃过大蒜的嘴去亲小妹的嘴一样，出乎意料地扑了一个空——那一叠硬硬的东西不知什么时候已经不翼而飞了。

轮子大惊失色，一时不知所措。要知道轮子出门在外无数次，他还从没有遇见过这等倒霉事。来来往往的人把站在街边上发呆的轮子碰来撞去的。一些碰了轮子的人，还回过头来看看像木桩一样的轮子。

有一个彪形大汉，急慌慌地赶路，差点儿把轮子撞倒在地上，轮子还没回过神来，彪形大汉却高斥轮子："精神病！"

然后又急慌慌地走了。

轮子在来北京之前，就听同事说过，在北京警察时常会查"三证"——身份证、暂住证和务工证，三证不全，弄不好就要被收容遣送，弄到昌平去筛沙子。

轮子看见那边走来了一队街头巡警，这才感到自己傻乎乎的样子实在有点儿影响交通和引人注目。眼下的北京城街头是极难看见精神病患者和那衣衫肮脏的乞丐、盲流和游民的，一切有碍即将到来的盛大庆典之观瞻的人和物，都被全市动员起来的统一行动扫除干净了。

即使一个优秀而且证件齐全的市民，哪个又愿意接受警方的盘查呢？何况，眼下的轮子身上没有一件证明他身份的证件。轮子只好装作神志正常、心无挂碍的样子，硬着头皮向旅社大门走去。

6

远远地，轮子就发现今天的地下室旅社不一样，门口站了两个警察。但轮子仍然佯装着旅社老主顾的样子，心虚着大摇大摆地跨上了旅社门前的大理石台阶。门口的两个年轻的警察，正忙着查一群刚从外进来的人的证件，额上已是一层细汗。起初轮子想主动向他俩解释一下他为什么没有证件的原因，看他俩忙得不亦乐乎的样子，又害怕自己解释不清，反倒惹下麻烦，轮子便想冒一点风险往里溜。大约是轮子的个子不高，轮子竟然从那群人的旁边顺利地走进了旅社的厅堂。

即使走进了厅堂，轮子的心里还怦怦怦地跳得厉害，背上都出了汗，自己身无任何证件，而且还要从正在查证的警察身边溜过，轮子的担心和害怕可想而知。

在走上向下的楼梯的时候，轮子的心好歹才算平静下来。

轮子暗自庆幸，心想，小周给自己打开房间，他把风铃送给她，没准儿小周还会请自己吃一顿饭呢。

轮子还想，今天下午无论如何要和杯子打一个电话了，问问杯子现在自己丢了所有的证件，该如何是好。

轮子不知道，他的同级校友、当时在文学社和校园音乐社里一起玩的灯儿和大巴也来北京了。大巴原来在上海的一家房地产公司，该公司开始在北京拓展房地产业务，他就到北京来了，是北京公司的总经理。灯儿做了大巴的全职太太。大巴不忙的时候，杯子、大巴和灯儿三人就会聚聚餐什么的，都是大巴买单，他可以报销。

当轮子走到地下一层，看到服务台后那张漂亮却陌生的脸时，心就打起了鼓。轮子心里直犯嘀咕，今天怎么不是小周值班呢？不是小周是小玉也行啊。小玉这段时间值夜班，轮子和小玉接触不多，但还总算认识，可眼前这位小姐，轮子压根儿就没见过。

轮子走上前去，声音尽量和缓又充满低音共鸣地说："小姐，我住106号房间，今天早上出去上街，结果回旅社的路上却把出入证搞丢了。麻烦您把106打开一下。"

小姐的表情很职业化，轮子看不出小姐是一个宽容活泛的人呢，还是一个苛刻死板的人。小姐盯着轮子的脸，那样子像是想根据轮子的表情来探测轮子的话是否可信，或者说可信的比例有多大。过了好几秒钟，她才说："这不行，我们旅社规定，不能给任何没有证件的来客开门。"

说完，她还用拿着的圆珠笔的笔头指了指墙上写有近二十条的《旅客须知》。

轮子不得不告诉小姐，106号房间放着的他的衣物的特征和一个装满书的纸箱，而且，轮子说，床的枕头下边，有他的一本书，书名叫《追忆逝水年华》，是第三卷，法国人普鲁斯特写的，书的扉页上写着轮子的名字。只要小姐进去查看一下就可以清楚地证实的。

轮子看见小姐脸上的表情已经有了冰要化开的那种松动，轮子想趁热打铁，他下意识地觉得应该和眼前的小姐套一套近乎，但轮子在这方面的能力相当一般，他实在难以找到和小姐共同的话题。笨拙的轮子想到了小周，他觉得如果提起眼前小姐的同事小周，也许就会使自己和小姐的关系拉近一些，所以，轮子就又说："对了，昨天，在这里值白班的小姐叫小周。我在这里住了十多天了，我们很熟，喏，我今天还买了一件小礼物，准备送给她。"

说完，轮子还把手里拿着的礼品盒扬了扬。

但出乎轮子意料的是，当轮子说完以上的话时，小姐的脸又恢复到了刚才的严肃。

轮子恍有所悟，轮子真恨不得扇自己两耳光：自己为什么要提起小周？自己的表情为什么要装出和小周很熟的样子？为什么要拿出准备送给小周的礼物给眼前的小姐看？今天，她在这里值班，是她掌握着给自己开门的权力，而不是小周或者其他任何人。当一个男人在一个女人面前表现出和另一个女人很熟的样子，并炫耀其准备送人的礼物时，她当然会内心不快；何况，也许她和小周本来就是鸡犬相闻、老死不相往来的宿敌。女人之间的事情，谁也说不清楚。

她说："我只是按规定履行我的职责。你刚才所说的，也许是真的，也许是谎言，而我作为一个普通的服务员，我没有权利也没有义务必须证实你的话。而我一旦为没有证件的你打开房门，我就违反了宾馆的规定，我的奖金就要泡汤。这你应该知道。"

轮子一时没有话说。愣了一会儿之后，轮子想，在北京自己举目无亲，还是赶快找杯子吧，杯子在北京土生土长这么多年，总会有办法的。

想到这里，轮子就转身向通向地面的楼梯走去。但问题并没有像轮子想得那么简单，轮子还没走到楼梯口时，小姐喊住了他。

她说："先生，对不起，宾馆规定，没有证件的人是不能随意离开旅社的。"

轮子一下就傻在了那里，一时六神无主，脑子里一片空白，头上的汗水立即就流到了脖子里。轮子慢慢地走回到服务台前，他不得不扶住柜台，才能站稳。

轮子的脸色苍白得吓人，使得小姐急忙一边拿起电话，一边对轮子说："这是规定，我也没有办法，我可以打电话，把宾馆的保安叫来，让他们妥善处理。"

轮子说："让他们把小周找来，她认识我，她可以证明我就是106号房间的旅客。"

小姐在电话里向宾馆保安转述了轮子的请求。她一边打电话，一边还用眼角的余光观察轮子，轮子的脸色使她害怕。其实轮子是一个胆小的人，即使愤怒了的轮子也不会有什么出格的举动。

7

大约过了二十分钟，一个保安和一个警察来到地下一楼，其中个高的是保安，他对轮子说："除了宾馆的出入证外，你有没有别的证件，譬如身份证、工作证之类的。"

轮子说："本来这些证件，我到北京来的时候都是带着的，可今天上午都丢了。"

完了，轮子又向保安讲了一遍他丢掉他的证件的经过。

"高个儿"有些急躁地接过轮子的话说："你没有一份证件来说明你的身份，另外本来可以证明你身份的小周，就是你提到的那个近段时间在这里白天工作的小周又不在，经理说小周已经向旅社请假，从今天起，她和她的男朋友去外地旅行结婚去了，我们无法找到她。我们想到了这段时间夜间负责这里服务的小玉，也非常不巧，从大前天起，小玉就没有来上班了。她向经理说，她已决定到另一家酒店工作。我们和那家酒店通了电话，对方在电话里说，小玉已经被派往南边的一个酒店服务人员培训中心学习。除此之外，我们宾馆就再也没有认识你、可以证明你的身份的人了。"

经高个儿保安这么一说，轮子才想起，确实有好两天，即使在晚上也没有见到小玉了。

戴着眼镜、显得很结实的警察说："我们认为解决这个问题有两个办法，一是等小周回来，这大约需要十来天时间；二是你向我们提供你的单位或家庭的联络方法，让他们来证明你的身份。"

高个儿保安又说："在这期间，你可以住在我们专门为你提供的房间中，住宿条件和旅社的客房差不多，我们统一安排伙食，但你不可以自行离开房间，更不能离开这个旅舍。"

轮子声音并不高地说："你们以为我是一个坏人，所以你们就把我软禁起来，是这样的吗？"

其实说到最后一句话时，轮子的声音已经小得对方难以听见了。

在轮子看来，保安和警察的脸色已经不像刚才那样和善了。

"眼镜"说："我们并没有说你是坏人，我们只是弄不清你的身份罢了。你没有证件证明你的身份，也就是说你自己无法证明自己；同时，又没有别的人可以清楚地证明你的身份。顺便说一下，你刚才所说的'软禁'在我们的说法中被称之为'有条件的居住'。"

"高个儿"说："我们也可以收容你，把你送到昌平的收容所去。"

当轮子被领着向"有条件的居住"的地方走去时，轮子说："我的行李和书籍还在106号房间，我是不是可以带上我的东西再跟你们走。"

"高个儿"和"眼镜"都笑了，"高个儿"说："你难道现在还不明白，你根本无法证明你就是那个住在106号房间的轮子，如果你能证明的话，我们就不会带你走了。106号房间中的东西我们会妥善保存的，在我们弄清你的身份之后，如果真是你的东西的话，到时候，我们会如数还给你。我们旅社的保卫和治安是一流的，只要是你的东西，一件也不会丢失。"

在去旅社地下二层"有条件的居住"处时，"高个儿"有些歉疚地对轮子说："我们旅社作为北京的一个单位，担负着对北京市安全和社会稳定的责任，我们不能让任何一个身份不明的人离开旅社走入这座有着悠久文化历史城市的大街。这样处理，是我们的规定，也是唯一可行的办法。"

轮子告诉了"眼镜"和"高个儿"怎样和他的同学杯子联系的办法。

8

警察第二天通过电话找到了正在报社的杯子，并向杯子具体说明了轮子的情况。

杯子在电话中问警察："需要办什么样的手续，才能把轮子保出来呢？"

警察说："首先要带好你的有效身份证件，再到你们单位开一张介绍信，保证这个现在没有身份证明叫轮子的人在京停留期间，不对社会有任何危害的言行。"

一放下电话，杯子就到总编的办公室，说明了轮子的情况以及他和轮子的关系。总编打电话给办公室，让办公室给杯子开介绍信和担保书，先把杯子的同学轮子从地下室里"捞"出来再说。

临走的时候，总编说："杯子，我知道你的一个朋友出了意外，心情不好。你还是要节哀顺变，好久没见你写稿子了。"

杯子说："我知道。咱们回头再说吧，我得赶快把我的同学弄出来，要不让警察弄到昌平去筛沙子就不好办了。"

"那你快去吧。"

到办公室开了介绍信和担保书，杯子就赶奔地下室旅行社去了。

杯子给警察看了自己的身份证和记者证，警察才领着杯子下到地下二层。

轮子住的地方在这个地下室旅社地下二层的最深处。地道的尽头有一扇铁栅门，铁栅门上挂着锁，里边是一个单独的区域，有十间屋子，轮子就住在其中的一间中。

轮子见到杯子，那样子就像见了亲人，百感交集地说："真是丢人，二十八岁的人了，还会把自己弄丢。"

杯子说："丢人的是证件，不是你，是证件把你在北京弄丢了的。"

随后又说："你也活该，到了北京也不跟我联系，你以为你是谁，你以为北京是成都，是你家呀，别人会认你！"

轮子和杯子，拎了轮子的行李和装书的纸箱，从一年四季都点着灯的地下室爬出来，走出旅社的门，站在那里等出租车。

阳光从一棵银杏树的叶间斑驳地落在地上，站在旅社门前，轮子大大地呼吸了一口比地下室中干燥和清新的空气。其实轮子只是在地下室中过了二十多个小时，但在焦急等待中的轮子感觉到好像过了好多天。

地下室中的空气永远有一股潮腥的气味。

轮子的手中拎着那个原本要送给小周的风铃。他拎起来看了看，随手把它扔到了旅社门旁的垃圾箱中。

风铃在跌落进垃圾箱的时候，发出一声清脆悦耳的声音。

打上的，杯子说："轮子，灯儿也来北京了，她嫁给了大巴。大巴去年来的北京，没多久，灯儿也跟着大巴从上海过来了。你还记得大巴吗？"

"记得。他和灯儿是同系的，那会儿他经常到我们的校园音乐社和文学社来找灯儿，我们都笑着说他是灯儿的护花使者。"

"大巴可是发了，现在是一家房地产公司的总经理。灯儿在家做全职太太。"

　　"这几年你知道草垛的消息吗？他当初好像也和灯儿好过。"

　　"不知道，他在毕业前一年被学校辞退之后，就再也没有听过他的消息了。"

　　"就这两天吧，我打电话把灯儿和大巴叫出来，我们四个聚聚。"

第六章 失爱

1

从地下室旅社中搬出来，轮子住进了杯子的宿舍。

这是一套一居室的单元房，在北京的西边鲁谷，离城中心很远，但靠着一线地铁。出门不算太麻烦。这房子是杯子他们报社分给杯子住的，产权归公家所有。

杯子对轮子说："要分上房子，就得结婚；结了婚，也还得排队。谁知道什么时候才会有一个真正属于自己的家。这破地儿，我也是暂时住一段再说。我要不在这家报社干了，马上就得搬出这房子。"

轮子说："你小子又不残废，毕业四年多了，一个妞也没泡上？"

"泡妞归泡妞，结婚归结婚，两回事。什么叫婚姻，婚姻是这个世界上最不可思议的事情。原本两个毫不相干的人，不同的血缘，不同的生活习惯，甚至不同的民族和不同的宗教信仰，但结了婚，两人就要朝夕相处，就要在一起过一辈子。

"为什么就是这个女人，或者就是这个男人，要知道这世界上有那么多的男人、那么多的女人，你为什么就是和这个女人，或者和这个男人，而不是另一个男人或者女人过一辈子。这其中的荒诞和不真实，我一想起都感到恐惧。"

"但人是需要爱情和性生活的，我们又不是清教徒，你敢肯定你这一生就不结婚了？"

"性就是性，爱情就是爱情，和婚姻无关。如果需要，如果走到了那一步，我会和我爱的那个女人结婚的。"

"那不就结了。你绝对是一个口头革命派，当你爱上，甚至喜欢上一个女人，你的头昏得比谁都快，我还不知道你！"

"可能吧，所以我总是伤痕累累地败下阵来。"

"所以我就绕着道走，管他前面是洞房呢还是陷阱。"

"你呀你那叫执着，都是小妹闹的吧。对了，你的小妹呢？你好像说过她到北京了，还告诉了她我的电话，可她从没和我联系过。"

"三年了，我都没有见着她了。还是毕业那年，她从武汉回了成都一趟，说是要到北京找工作，再也没有了音信。"

轮子没有说，其实轮子到北京在很大程度上就是想在北京找到小妹。找到小妹，轮子才会有结束，也才会有新的开始。

轮子想起看过的那出戏《情人》，那个身旁的空座。小妹，也是轮子生命中的空座，他必须寻找到答案，找到小妹，把这个空座填满，或者把这个空座删除。

杯子说："如果说婚姻是把两株毫不相干的植物通过转基因技术，结合成一个人类本身并不存在的关系，就像两棵树嫁接在一起，那么离婚，就是把已经生长在一起的树一刀活生生地劈开。惨啊！"

"真挚的爱情何尝又不是如此？你能忘了你的初恋，你能忘了你和一个女人生命中那像华彩乐段一样的爱恋？"

2

其实，杯子是一个容易"为情所动"的人，如果没有恋情，没有性爱，杯子将会更加孤独。

相比而言，轮子的情感更脆弱，所以他对"爱情"两字怀有某种恐惧，以远离和排斥的方式来保护自己，保护自己免受伤害——如果这情感像一棵树一样生长出来，就再也不能斩草除根，那么就把这种子密封在像铅桶一样的容器中。

米兰·昆德拉说："生活在别处。"对于轮子而言，则是"爱情在别处"。

但是杯子，正是恋情和性爱排除了杯子的孤独，使杯子的生活有了落在实处的感觉。为此，杯子有时候会主动寻求恋情和性爱，或者说杯子的"好色"源于他天生的本性。

当然，用另一个词汇表达就是——浪漫。

真浪漫的人整天活在自己的梦里，他们我行我素，一切以自己的精神感觉为出发点，这种彻头彻尾的浪漫令他们在现实面前碰得头破血流，穷困潦倒。

假浪漫的人世故而且功利，他们送花、制造惊喜之类所谓浪漫的举动都蓄谋已久，虽然不是心性使然，但绝对每发必中。

对于恋情和性爱的浪漫，杯子是前者。

但杯子的浪漫却时常在人生际遇惨遭对方的不解风情。

就像杯子在登山时，偷偷捉一只蚱蜢送给人家丫头……

可惜，杯子捉的蚱蜢，太像蟑螂……

3

轮子和小妹的故事开始于轮子上高中的第一天。

就在那个秋天的早上，骑着自行车去县里上高中的轮子看见小妹在他前边一扭一拐地走着，起初，他还以为小妹是一个腿有残疾的人呢。其实不是，在前一天下午，小妹不小心崴了右脚的脚脖子，脚脖子青肿得像馒头的小妹所以走起路来像是一个跛子。当轮子的自行车超过小妹时，轮子忍不住回头看了一眼小妹。小妹的一脸痛苦，使轮子不得不停下车来表示他的关切。

轮子扶着自行车，站在路中间，问小妹："你怎么啦？"

看到轮子停下车来对自己问话，小妹意识到自己刚才一扭一歪的样子肯定很难看，所以脸就有些红。在轮子面前，她就故意把身体站得直一些，把身体的重心暗暗地移到左脚上，答道："我把脚崴了，走路疼得要命。"

轮子又问："你去哪儿？"

小妹说："我去县中上学。"

轮子说："我也去县中，可以带着你一起走。"

小妹自然在轮子面前扭捏了一番，但考虑到跛着脚走到学校，肯定会迟到，所以才坐上了轮子的后车架。小妹尽量坐得靠后一些，最大限度地和蹬车的轮子的后背保持一点距离。开初，两人都没有话说，两人只听得耳边的风声呼呼地响着。过了好一会儿，两人才开始说话。

小妹的家离轮子的家并不远，也就三四里地，但两人不在同一个乡，是在各自的乡中学上的初中，所以不认识。

小妹的父亲已经去世了，她家只有她一个独生女。

到了学校分班的时候，很巧，小妹和轮子分在了一个班。在小妹脚伤不能骑自行车又一时没有办好住校手续的一个星期里，轮子和小妹一早一晚都一路，轮子骑车接送小妹上学。

坐在后车架上的小妹不再努力坐在车尾，保持和轮子后背的距离，而是很自然地坐在车架上，微微倾向前边，保持着身体的平衡。乡下的土路总是很颠簸，有时颠得厉害了，小妹就抓住轮子的衣裳，这样的话，有时，轮子就能感觉到小妹的乳房在自己的背上上上下下地跳跃着，轮子背上那个地方就有一种温暖的痒痒的感觉。但一到路平了的时候，小妹还是会立即就松开轮子的衣襟。

4

下午放学的时候，小妹对轮子说，她妈去她的姨妈家了，要两三天才会回来。

那个初春的星期六的夜晚，轮子揣着白天在城里给小妹买的绸巾，去了小妹家。

春天的夜晚，川西平原的风比冬天都大，呼呼地吹。除了风声，黑暗中的原野一片寂阒，春天乍暖还寒，大家都早早地上床睡觉了，但轮子的心里却烧着一团火，走在雨后滑溜溜的田埂上，身体竟然有些发抖。其实就是当轮子站在小妹那间小屋门前，不安地环顾夜色中只有几盏昏黄灯火的小妹家所在村子的时候，兴致勃勃、鼓足勇气的他竟然犹豫起来了。

夜里的屋外冷得轮子忍不住地打战，他不得不使劲咬着牙齿，才能控制住上下牙的相互碰撞。轮子试了三四次，终于还是抬手敲了门。

漆黑的屋中无人应答。

第二次敲门的时候，轮子更使劲一些。轮子甚至想，小妹最好不在，明天下午就该返校了，到时候再找机会把绸巾给小妹。

敲了第二次门，屋里仍然没有人应答，轮子在门前站了一小会儿，就转身下了街沿，一副如释重负的心情往回走。但他刚走了十来步，屋里的灯却亮了，随后身后就响起了门吱呀打开的声音。轮子转过身来，看见小妹披着大衣把门打开了一尺来宽，伸出头来："谁呀？"

轮子说："是我，轮子。"

"怎么这会儿来了，外边冷得要死，快进屋吧。"小妹伸头看了看四周，把门开得更大些，侧身说。

进得屋里，小妹就上床回了被窝。看见高高大大的轮子站在屋中间，小妹拍了拍床边说："你坐嘛。"

坐在床边上的轮子向小妹睡的那头移了移，说："春天风大，我给你买了一条绸巾……"说着，从衣兜里把绸巾拿出来，递给小妹。

小妹接过绸巾，低头说："你又乱花钱，今后不准这样了。"

看见轮子有些瑟缩，小妹问："你是不是穿得少？"说完，把她肩上披着的大衣取下来递给轮子，自己又把身上的被子往上拉了拉，拉到脖子下边。

轮子披上了小妹给他的大衣。小妹的大衣上留着小妹的体温和她使用的护肤品的香味——使人心里生出无限想象的香味。这是女孩子的气息。看着小妹幽幽闪亮的眼睛，轮子伸出冰凉的手去抚摸小妹的脸，小妹把轮子的手捂在手和脸中间，说："你的手好凉。"

轮子的另一只手搁在小妹胸前的被子上，就是隔着被子轮子仍然感到小妹丰满的胸部在上下起伏着。轮子和小妹冰凉的唇碰在一起，渐渐地热了。

小妹掀开被子，说："太冷了，你躺进来吧。"

轮子穿着衣服，在被窝里抱着穿着秋衣的小妹，他的手想伸进小妹的秋衣，小妹却紧紧地抓住轮子，死活不让轮子有更进一步的动作。

小妹说："我们还小。"

轮子在小妹的脸上吻了一下，松开了小妹，说："我知道了。"

5

轮子和小妹陷入了爱河，但两人都很理智，为了学习，为了高考，俩人都压抑着，最多在周末，偷偷地看一场电影，在黑暗中拉着手。

一晃三年就过去了。

那个有月光的夜晚，全班聚在一起开了个毕业晚会。每个人都出了一个节目，小妹唱了台湾歌手赵咏华的《最浪漫的事》：

> 我能想到最浪漫的事就是和你一起慢慢变老
>
> 一路上收藏点点滴滴的欢笑留到以后坐着摇椅慢慢聊
>
> 我能想到最浪漫的事就是和你一起慢慢变老
>
> 直到我们老得哪儿也去不了你还依然把我当成手心里
>
> 的宝

小妹唱毕，掌声雷动，有几个男生起哄，说："小妹，那个'你'是谁呀，是不是轮子呀？"

轮子和小妹的来往虽然一直处于地下活动，但同学们毕竟还是有所感觉。

"少管！"小妹笑着下了讲台。

轮子用二胡拉了一曲《打虎上山》，随后应同学的邀请，又唱了川剧《秋江》中的选段，赢得满堂喝彩。

6

当晚会散了的时候，已经是十来点钟了。小妹先走了，轮子故意在教室里耽搁了一会儿，然后才骑上自行车上路。轮子骑了没多远，就看见了站在路边等他的小妹。轮子一减车速，小妹就跳上了车子。小妹的脸和身体很自然地靠在了轮子的后背上。小妹想，从今之后，她就可以和轮子公开来往了。

小妹亲热地靠在轮子的后背上，加上夏天的月光又是那样的美丽迷人，这不免使得轮子浮想联翩起来。轮子和同学到录像厅里看过一些香港的三级片，这会儿脑子里尽是男欢女爱的场景。一想到这些，没有任何实践经验的轮子一身就有些软，掌着车把手的两只膀子就抖了起来，路上恰巧扔着一个柚子那么大的鹅卵石，轮子想绕过去，车子却翻了，两人带车子一起摔到了路边，小妹的两个乳房正好压在轮子的脸上。那一刻，两个人的身体都好像被一种无形而又强大的磁场笼罩住了，两个人都那样一动不动地保持着不变的姿势。小妹身体的香味，其实就是栀子花的香味和着夏天青草地的味道随着轮子变粗了的呼吸不断地钻进轮子的脑子。乡下的女孩子都喜欢在栀子花开的夏天把栀子花挂在胸前的纽扣上，小妹也不例外。

就是这栀子花和青草地相混合的香味使轮子更加热恋小妹的，轮子情不自禁地用脸和鼻子去拱动小妹结实饱满的乳房。轮子的拱动和摩擦使小妹无法禁止住自己的喉咙呻吟起来。两人只好用劲地抱在一起才能制止住各自身体的战栗。

这个美丽的月夜之中，轮子太激动紧张，又太没有经验，他还没有深入地触摸到小妹的最深处，他就无法遏制住自己身体中那股像野马一样的热流了。事实上，那时候他正不得要领、非常急躁、动作粗野地在那里寻找更加深入的途径。看见满头大汗地和自己接触而身体又冰凉如水的轮子，小妹便想屈起双腿张开自己来帮助他。这使轮子产生了误会，他以为他弄疼了小妹，使小妹有了反抗的意图，所以他就松了缰绳一般放弃了自己身体中的野马，从小妹的身上翻了下来，然后各自穿好自己的衣裳。

　　轮子说："小妹，我们大学毕业之后，就结婚，好吗？"

　　小妹点头道："嗯！"

　　两人重新骑上自行车上路的时候，小妹的双臂紧紧地环抱着轮子的腰。

7

　　小妹考上了在武汉的水利大学，轮子则到重庆上了大学，四年间，两人或写信，或打电话纯真地维护着两人之间的恋情。大学毕业之后，轮子在成都有线电视台顺利地找到了工作，而小妹却极不顺利。轮子在电话里，要小妹回到成都再说，他帮小妹找工作。

　　"小妹，你回成都吧，成都离你我的家又近，才二三十公里，可以常回家看看。到了成都，我想办法帮你找工作。"轮子在电话中对在武汉的小妹说。

　　"你有什么办法？"

　　"总会有办法的。再说，你要不想工作，我养着你。"

　　"我要工作，谁要让你养着？要真是你养着我，过不了多久你就厌烦了。"

"不会的，只要我们俩在一起，再苦也高兴。"

"穷困的人是不会有快乐的。我必须工作，必须挣钱，使自己成为富有的人。"

"快乐最重要了，有钱也不一定能有快乐。"

"没有钱更不会有快乐。"

轮子感到在武汉上了四年大学的小妹有些变了。

……

"我想去北京找工作，只不过去北京之前我会回四川一趟，你在成都等我吧，我们见面再说。"

8

那天，轮子到台里请了假，揣着第一个月领得的工资，去成都火车站接了小妹。

在站台上，轮子把小妹抱在怀里，说："想死我了!"

"我也好想你……"说完，小妹的泪水就流到了脸上。

轮子用手指擦去小妹脸上的泪花，说："牛奶会有的，面包也会有的。只要有我轮子，就不能让你小妹受苦。"

小妹没有说话，两人拉着手出了站台。

中午已经过了，两人找了一家离轮子住处较近的干净饭店吃了饭，然后去太平洋百货公司逛商场。在商场，轮子给小妹买了一件BOSS牌的白色短袖无领T恤和一条与T恤配套的米色七分裤。小妹则给轮子买了一件白色的花花公子衬衫，轮子要自己付钱，小妹坚决不让，轮子也就只好随小妹去了。

轮子住的是电视台的单元楼，三室两厅，暂时一个人住着，台里说下个月就有两人要搬进来，算是一人一间，饭厅和客厅公用。轮子的住处在四楼上。

　　这时候，该上班上学的已经上班上学去了，楼道里很安静。轮子和小妹一前一后地往楼上走。小妹一不小心，就把楼道里的自行车碰着了，手上的大包小包落在了楼梯上。走在前面的轮子只好回身帮小妹捡起来。

　　轮子说："这楼道太窄了，走路小心点儿。"

　　进了屋，轮子关上门，转身就把小妹抱了起来，抱到了卧室里的床上，小妹一松手，手里的东西全掉在了地上。

　　小妹仰躺在床上，轮子跪着，慢慢地一件一件地脱去小妹的衣裳。

　　小妹闭着眼睛，一动不动，那样子就像是沉浸在至高的享受中，又像是在积蓄着澎湃的激情，等待铺天盖地的洪峰的到来。

　　当轮子最后褪去小妹粉红的三角裤，轮子只三下两下就把自己脱光了。小妹猛地坐起来，紧紧地抱着轮子，轮子听见小妹和自己的骨头在小妹紧紧的拥抱中发出咔咔咔的声响。

　　轮子和小妹在床上翻滚。

　　小妹声音很大，大喊大叫，那个害羞的小妹不见了，她的身体爆发出疯狂的力量。

　　……

　　像烈火一样燃烧的两天两夜。除了下楼吃饭，轮子和小妹都在床上做爱和昏睡，在这两天两夜中，轮子甚至记不得和小妹究竟做了多少次爱。小妹走了之后，轮子数了数剩下的避孕套，才知道，他和小妹竟然在四十八小时中掀动了七次高潮。

两天两夜之后，轮子接到电视台头儿的一个传呼，呼轮子速回台里，有急事。

轮子吻了吻小妹，说："等我回来，一起吃晚饭。"

小妹没有说话，只是回吻了轮子一下。

轮子傍晚回到住处的时候，没有见到小妹，小妹走了。

小妹给轮子留了一张纸字条。

轮子：

　　我走了，也许我们会相聚在北京，也许不会。就连我自己都不知道，我会在哪里开始我这一生还有那么长的生活。

　　轮子，不要盼望，不要等待。因为我也不知道我的盼望、我的等待距离现在的我还有多远。也许等得到，也许永远遥遥无期。有了这两天两夜，我知足了。

　　保重，轮子！

因为爱你不辞而别的小妹

第七章　灵飞

1

……滴答……滴答……

在轮子似睡非睡混沌的睡眠中，他听见了这难得的充满水意和温情的声音。这声音使轮子坠入遥远的和他父母和奶奶一起度过的乡村生活，直到考上大学那年，轮子才离开农村。在红桔园，夜里的雨滴总是那么充满诗意地从黑色瓦檐的边沿失脚跌落下来，落在窗前那丛紫红的美人蕉上，扑扑地响。还有屋后的竹林，弯曲如钓鱼竿的竹梢垂在屋脊上，风一吹，竹梢就在瓦脊上扫出唰唰唰的声音，使童年的轮子不能入睡。如果是冬天，轮子就拼命地蜷着身体，连起床撒尿都不敢。而在北京，轮子回忆起那些小小年纪的恐惧却充满温馨。

耳听着屋外"滴答……滴答……"像雨滴一样的声音，很快，轮子的下意识就极具嘲讽地反驳了他这个最初的梦想——在这座由水泥、钢铁和玻璃组成的现代神话城堡中，飞翘的屋檐只有在观光的地点，只有在小得像一泡尿迹的什么园中才可以看到，少有的雨声穿过这座城市上空厚重的尘埃时也总是拖泥带水，犹如浑浊的泥汤流过心灵，哪里会有像雨滴失脚滚下瓦檐那么清脆的雨滴声呢。

这时候，轮子已经十分清醒了，这屋外的声音使他百思不得其解。他不断地在心里问自己，这是什么声音呢？

这时候，在这个喧噪的夜中，一轮昏黄的孤月在高楼夹峙的峡谷中小心翼翼地穿行，那样子好像是怕不小心在高楼的角上碰伤自己因充满悲伤而苍老的脸颊。

看见天空中昏黄的月亮，轮子想起张爱玲的《金锁记》。

张爱玲在《金锁记》的开头说："三十年前的上海，一个有月亮的夜晚……我们也许没赶上看见三十年前的月亮。年轻的人想着三十年前的月亮应该是铜钱大的一个红黄的湿晕，像朵云轩信笺上落了一滴泪珠，陈旧而迷惘。老年人回忆中的三十年前的月亮是欢愉的，比眼前的月亮大、圆、白；然而隔着三十年的辛苦望回看，再好的月色也不免带点凄凉。"

2

其实轮子不喜欢传奇，只喜欢妄想；不喜欢凄凉的怀旧，只喜欢小猫的前爪挠着脚心那样忍不住痒的怀旧。

轮子仍然在想屋外的声音。不是雨滴的声音，那么，是这座城市在自己产生的垃圾中腐烂，腐烂时的水汁在城市自己的钢筋骨头间滴落的声音，还是人们呕吐时从喉管间滴出污秽之物的声音？轮子被自己这残酷肮脏的想法弄得胸闷气喘，几乎就要被自己憋死。轮子的灵魂拼命想从自己沉重的躯壳中缓释出来，喷薄出来，吐出心中久抑郁闷的气息。

那一股充满酸涩气味的夜风就在这时来到了轮子的床头，来到轮子的身边。轮子睡觉的时候，常常不关窗户，这样的话，他就可以听见街上还有人没有入睡，使自己有一种吾道不孤的感觉而安慰自己失眠的痛苦。

今晚，他的窗户也开着，风通过虚掩着的窗户时还浪漫地撩起了窗上白色的窗纱。

白色的窗纱如水一样飘起，昏暗无力的月光和几枚黯淡奇罕的星子趁着窗纱飘起的那一刻，怀着拯救和爱怜的心情访问了轮子受到挤压和折磨的灵魂。

轮子的灵魂因这外力的帮助从噩梦中醒了过来，挣脱并逃逸出了他沉重的躯体。这时，轮子看见了自己的灵魂，轮子的灵魂其实只是一张韧柔的薄纸，上面写满了豆芽般的音符和断断续续的句子。起初，刚刚从躯体中挣脱出来的轮子的灵魂站在他的躯体之上，苍白之中的字符就像婴儿脸上的胎毛和皱纹。

这时，轮子的灵魂还有些大梦初醒时茫然不知所措的感觉，但一会儿之后，就像一个从明亮的地方突然走进黑暗的屋子一样，轮子的灵魂才看清了眼前的情景。随后，轮子的灵魂便随同这夜里难闻的熏风无声无息地飞飘起来。

轮子的灵魂熟悉他这个在北京栖居的房间，熟悉这间小屋里的一切。轮子的灵魂扇动着翅膀，缓缓地与这房间中经年的物什、累积的尘埃依依惜别——桌上的台灯，处于休眠状态中电脑显示屏幕上不断掠过的星子，桌上纷乱的纸张，墙上姑娘的照片——轮子热爱这一切，他的心情似有生离死别的凄然。

轮子灵魂深处的泪水差不多要涌流出来的时候，他弯腰从窗户飞到了空中。轮子的灵魂停留在空中，回头的时候，他感到他难以割舍的多情善感和矫情与这喧哗着千百万种欲望和需求的声音，而同时又是一片荒凉的城市是多么的格格不入。

这时，轮子发现了那水声滴答的源头。一个不知是梦游还是精神错乱者，抑或是自然主义者，站在楼上的阳台，对着这个城市撒尿。大约这个人患有前列腺之类的毛病，他的尿是那样的结结巴巴，不成句式。

3

天空中飞翔着无数的灵魂。轮子薄纸般的灵魂随风飞舞漫游，穿行在北京的夜空中，发出窸窸窣窣的声音，使人想起葬礼上一张无羁无绊的纸钱趁着为别人祭奠的时机而去享受自己生命的自由，或者是故乡"三月风筝天"天空中飞翔的风筝。轮子看见许许多多的灵魂在夜空中都像壶中的茶叶被冲上了滚烫的开水，渐渐舒展开来。轮子想，我们都是些悲哀弱小的人，在我们装着笑脸在城市的峡谷间打拼的时候，我们的灵魂被折叠成了一张张像是带进考场作弊的小纸条，小而又小，小得无人可以察觉。

这生命和灵魂萎缩年代中恢复生机的最后机会啊，请多给我一些时间，请允许我自由地放纵我自己！轮子在夜空中奋力地飘飞着，在内心里高声地大喊。

夜空中的星子和月亮看见听见了轮子的飞行和呼喊，但这已经不是张爱玲所说的那个月亮了。今夜的月亮一脸的沧桑，没有迷惘，也没有凄凉，只有一脸的漠然。

4

十多年前，轮子还是一个不识愁滋味的少年，每到三四月间，轮子就扎一只漂亮的风筝出门去放，和同村、同校、同年龄的小伙伴比赛，看谁的风筝既漂亮又飞得高。

轮子在成都的有线电视台做记者和编导的时候，曾拍摄过一个十多分钟的专题片，名字就叫《川西平原上的风筝》。在这部短片中，轮子采访了做风筝的老人，采访了在春天的田野上已经很少见的放风筝的儿童。

做风筝的老人唱起轮子小时候唱过的民谣时，轮子的眼睛湿了。

　　风筝不飞
　　跑死乌龟
　　风筝不起
　　跑烂鞋底

川西平原上的风小，放风筝的人常常要拉着风筝一边猛跑借风，一边放线，待风筝飞到一定的、风力强劲的高度，才可以停下来，手握线拐自我欣赏。

到了天气暖和、夏天将临的时候，全村的孩子都会自动地邀约一个日子最后一次放飞风筝。轮子和伙伴们站在浣河的河堤上，把手中的风筝放到它们一生中最高的顶点。春末下午的阳光照在他们的头上，照在身边的浣河水上，满河的河水就像翻腾着一河沸腾的金波。头顶上碧绿的桑叶，因为阳光的照射，变得透明起来，就像一块块薄薄的细腻温润的玉。

斜阳西下的时候，他们迫不得已又情不自禁地扯断手中的线，看着风筝像村里喝醉酒的男人一样，飘飘摇摇，恋恋不舍地远去，再也不能回来。然后，一个个就像丢了魂似的回家。

这是红桔园的风俗，没人能说出这样做的理由。如果有谁在第二年的春天拿出去年的风筝来放，一定会让别人耻笑的。

事实上，红桔园的人没有人如此尝试过，因为去年的风筝如果放在家中一年，不管如何保存，它也不会再次飞起来。老人们说，这样的风筝翅膀已经硬了，风筝已经苍老。新的风筝之所以要努力地飞到天空去，那是因为它去年的灵魂留在了高处，它必须自己去寻找。

5

在这灵魂漫游的夜空中，轮子虽然每飞行一段就要停下来拍打灵魂上积着的工业粉尘，但我敢肯定轮子仍然感到在这污染了的城市之空中飞翔，比灵魂折叠和压抑在黑暗狭小的躯体中要快乐得多。这是一个被工业和商业弄得伤痕累累、灰尘四起的时代，人们忘却了青春和生命的意义，同时也忘却了金钱的意义而疯狂拜金的时代。当夜深人静的时候，当他们被手里的金钱弄得不知道自己是何人的时候，这些拜金的人们便从怀里掏出成沓成捆的钞票趾高气扬地猛烈拍打，把钞票上千万人的唾液和人世的辛酸等无数的细菌散发到这个城市的夜空中。

听见两个西装革履的人站在一座高楼顶层的娱乐中心落地窗前狂笑时，轮子停了下来。这两个人的笑声实在太刺耳了，即使是弥漫着灰尘的天空也不能自禁地起了一层鸡皮疙瘩。

轮子想，这两个人一定是疯了，他们比赛着把一张张大额的纸钞向窗外投掷着，你扔一张，我扔一张，我再扔一张，你再扔一张，一点儿也没有要停下来的意思。轮子从两人狂笑得变了形的脸上，根本看不出来谁更富有、谁更贫穷。

面对纷纷扬扬向下飘落的纸钞，轮子的灵魂中竟有了一点哲学家的心绪。这一点我和轮子深有同感。可以肯定的是没有一张钞票可以飞上天空，金钱只有在人世才有它的价值；金钱永远不能够提升人的灵魂，而人的灵魂却可以提升人的肉体。人要飞升是多么的不容易，而要堕落却易如反掌。

金钱的奴隶不会知道金钱上万恶的细菌正污染腐蚀着金钱占有者和用金钱填充得膨胀起来的城市！

6

轮子来到这庞大城市的郊外的时候，他的灵魂也已接近精疲力竭到了崩溃的边沿。悲凉的月光下，被称之为城市的坟场的垃圾场令人更加触目惊心。

这座城市的垃圾场建在郊外几座山丘形成的山谷间。聪明的城市管理者的意图是用这座城市每天呕吐出来的垃圾来填平山谷，然后再在这填平的山上修建住宅区。这座城市每天都在膨胀着。住宅建了一幢又一幢，但住宅建设的速度总是赶不上这座城市人口增长的速度。城市管理者已经有了系统工程的科学概念，他们为自己能用城市的垃圾来填平山谷再建新宅的构想感到自豪和骄傲，并津津乐道。

这是现代商业战争和现代物质文明战争的废墟。在这个散发着腐臭气息的垃圾场上，那些枯死了的树只有干硬的枝丫还露在垃圾层的外面，上面挂满了五颜六色的塑料袋。

在这偌大的垃圾场上，轮子飘飞得疲倦了的灵魂竟找不到一处清洁的立脚之地。轮子寻找了许久，才看见一截红锈斑驳的钢筋从垃圾的悬崖处红杏出墙般露了出来。这截钢筋在夜风中弹拨着月光的丝弦，发出呜呜哭泣似的声音。他向着这截钢筋飞了过去，将他的灵魂栖息在它的末梢上，收敛起疲倦的翅膀。

在深夜，这里是这座城市最安静的去处了。这座城市最安静的去处竟是垃圾场。然而，这安静的城市坟场中唯一的一次"暴动"却让轮子不期而遇。

一个废旧的铁皮桶像雨后的竹笋渐渐拱出了无数垃圾的掩埋，轧轧轧的声音显示出铁皮桶冲出掩埋的艰难和痛苦。塑胶纸、宝特瓶、锡箔袋、易拉罐像是吐蕊的花朵从垃圾中翻卷出来。那个铁皮桶从这上涌的旋涡中心翻身滚出，向轮子奔腾过来，速度越来越快，一路上卷起浓烟般的尘土，像是古代战车向着山下的敌阵狂奔。这个铁皮桶与其他垃圾相碰撞的声音空洞而又巨大，掠过整个城市忐忑不安的梦境。

借着钢筋的弹力，轮子纵身弹跳起来，躲过了这场劫难。钢筋猛烈弹动时那一声裂锦般"唦"的声音在垃圾场的上空悠久漫长地回旋不息，余音袅袅，绕场三匝，使人心惊肉跳。直到铁皮桶从悬崖处失脚坠落下去，撞到崖下的石头上，钢筋弹动发出的余音才被这巨大的声音打断。

在这空洞巨大的声音中，城市上空无数漫游着的空落的灵魂被这声音击打得扁瘪不堪。终日忙碌的城市人，他们奔波的灵魂与这滚过垃圾场的破铁皮桶是多么的相似。那坠落摔扁的时刻终究会来到的。

7

就连轮子自己也不知道，他时常在夜里出游的灵魂为什么会选择这座城市的垃圾场。垃圾场腐臭的气息几乎使轮子窒息，他决定赶快离开这里。就在轮子的灵魂盘旋着准备离开的时候，轮子对刚才从垃圾深处滚出那个铁皮桶的地方产生了一丝可以察觉的兴趣。轮子想，其实自己的灵魂出游根本没有什么目的，只是自如地漫游罢了。只是时间不可能太长，否则，轮子不会就只在这座城市里游荡的，轮子的灵魂想到更远的地方去。

仅仅是一个带有向度的意念的产生，轮子的灵魂就穿过那些四处飞扬和枯树的枝丫间挂着的塑料袋，飘飞到了铁皮桶破土而出的地方。刚才滚出铁皮桶的现场看起来就像一朵盛开的花朵，或者说像一个火山喷发后留下的火山口，只不过这花朵或火山口是由垃圾组成的罢了。

在这就像喷泉向上翻腾开的垃圾中心，轮子看见有许多的书籍，硬皮烫金封面及各种封面的书籍杂乱地叠挤着，书的封面写着各种各样轮子认识和不认识的字。轮子从晚报上知道，这个城市的市民除了街头的广告、招牌，已经放弃了文字，各种各样的媒介正在取代或者已经取代了文字的作用。书籍在民众的家庭中仅仅是一种装饰，就像宋代的瓷器之类。轮子不知道这些书来自何处，它们的主人是因为何种原因毫不怜惜地把它们遗弃在这里。

轮子弯腰拿起一本书来，这本书在他的手上吐出了一口长长的叹息。这一声沉重的叹息在轮子灵魂的感觉中似乎漫长得像一个闰年。这叹息强劲得像一阵飓风，垃圾场被吹起了漫天的灰土，好一会儿垃圾场才安静下来，恢复它月光下坟场废墟般的寂静。

轮子随手拿起一本书翻开来，在昏晕的月光中，他发现他手中的书上没有一个字，整本书上都空空如也。这出乎轮子的意料。起初，轮子还以为自己患了什么毛病，是不是所有的文字见了自己都会逃之夭夭。于是，他就回过头来，看看城中那座最高建筑上那日夜不息的霓虹大字。高楼上的霓虹大字还在，轮子也认出了它们，轮子证实了自己对于文字捕捉和认识的能力。再次面对无字的书，他更加惊慌失措。在这个不相信神灵的年代，冥冥中的天意好像早已躲到了月亮的背后。所以，当轮子手捧这无字的书时，他的惊讶和恐慌可想而知。

轮子不断地翻看其余的书，不断地拿起又不断地扔掉。所有的书都是这样，打开封面，里面空空如也。那些轮子熟悉的、像蚂蚁也像蝇头一样的文字在他到来之前已经离开了书页。轮子想，难道这些书也像自己一样，把躯体留在家中，留在床榻上，而任灵魂四处漫游？

悲凉的月光下，此时的城市垃圾场静无声息，被这个时代伤害了的文字最终逃逸出书本，无影无踪。

轮子自问，是不是像这些书一样，这个城市中的那些没有灵魂的人最好的去处就是垃圾场呢？

第八章　和衣

1

杯子和电线相遇在电线所在的音像公司的新闻发布会上。

那会儿,电线和杯子所在的报社不熟,是按照报纸上的传真号把邀请函发到报社的。总编一看传真函上提到的歌星还有些名气,出了一张新唱片,在报上做一下宣传也无妨。那天正巧周二,编辑记者不坐班,整个编辑部空空如也。

前一天下午,杯子离开办公室赴一个饭局,带着笔记本电脑不方便,便把它锁在了办公室的抽屉里,玩到一两点才回家。第二天起床,想着晚上要写一篇东西,便到办公室去取,正巧碰到了总编。

总编把传真的邀请函拍到杯子桌上说:"下午你去一趟吧。"

杯子只好去了。

2

电线是一家音像公司的媒介公共代表,工作就是和各方记者编辑打交道,把公司出品的音像作品和旗下的签约歌手、演员宣传出去,打榜打知名度造星。

具体的操作方法是，为各媒体的记者编辑准备文字、图片及图像资料，写好各媒体可轻易"改装"的文字通稿。当然，还得给记者编辑们派发红包。事实上，后者比前者重要。没红包，大家也许在回去的半路上就把资料连袋子一起扔掉了，管你什么星、当不当红。

这是惯例，也就是规矩，如果没有红包都替你发稿，你今后就更不把媒体当回事了，记者编辑一月中不是平白要少了许多收入？娱乐新闻嘛，纯属花边，可发可不发。但你拿了人家的红包，不给人家发稿，一回两回因意外还行，多了也就没人理你了，拿人钱财，却不替人办事，这世上没有白吃的午餐。既然是规矩，两方就都得遵守，要不就玩不下去了。

虽然电线八面玲珑，伶牙俐齿，人缘极佳，但是也没有不给红包就让大家办事一说，朋友归朋友，公司不是你电线的，拿的也不是你电线的钱，何况规矩在呢，哪能说坏就坏了？当然要真正是你电线个人的事情，到了朋友的份儿上，大家帮你也没得说。

电线一年中还会安排几次饭局，在酒吧开几次 Party，和大家一起疯几回，以此联络感情——钱当然还是公司报销。

红包有大有小，针对不同的媒体，小的一百两百，多的一千两千，也有四五千的，分一般消息、长文、专访、专版、专题、封面，媒体则分广播、报纸、期刊、电视，按受众，也就是报刊的发行量、广播电视的收视收听率的多少有所区别。大报大刊大电视台的记者红包厚，人自然就牛哄哄的。

以探寻真相、追求平等为口号的媒体，就这样心安理得地享受着不平等的待遇，而且一如既往，相安无事。

3

那天，电线站在会场门口接待桌后，向各路娱记派发宣传资料和红包。

在杯子把名片放进桌上盘子中，在花名册上找到杯子所在报社的名字，签了字。

电线看了杯子的签字，把一个他们公司的白信封放在资料袋中，一边递给杯子一边说："你就是大名鼎鼎的杯子啊，看过你写的文章，好刀子！"

"哪里啊，以歌颂为主，以歌颂为主。"

杯子写过几篇娱乐评论，说了些圈外人的个人看法，居然还有些影响。

电线从盘子中拿起了杯子的名片，又把她的名片递给杯子，说："多联系。"

"好啊！"杯子说。

参加过那次娱乐新闻发布会之后，杯子就决定不再参加这方面的活动了，就是电线组织的杯子也不参加。杯子和电线约定，电线的公司有事儿，或者她张罗的事儿，只要电线把准备好的文字资料和图片快递给杯子就行，杯子会根据材料编写出新闻稿。实在有弄不清的地方，或者觉得可以从另一个角度找到新闻点而需要采访的，杯子会让电线安排时间单独采访。

当然，快递过来的纸袋中也总会有惯例中的红包。但杯子和电线会在另一个场合见面，在酒店吃饭，在自己喜欢的酒吧泡吧，次数不多，大约一个月两次左右。

杯子想，一个丫头长得可爱，同时还喜欢你的文章，你会放弃与她继续交往的机会吗？

杯子的答案是：当然不会。

两者都重要，但更重要的是前者。

以杯子这样快三十的年龄参加娱乐新闻发布会这样的活动，心里极不舒服，满屋子吵吵闹闹的年轻记者，不管男女，都是奇装异服打扮，赶追台上吃青春饭的星们；满口的港台普通话，弄得杯子这个糙老爷们儿后脊梁上的鸡皮疙瘩一波未平一波又起。

更可笑的是一些娱记给台上的那位女里女气的歌星提的问题，答案连小学生都可以想到，纯粹是没话找话，而台上的歌星竟然回答得津津有味。

刚开始的时候，杯子甚至不敢看提问的记者，杯子的手心冒汗，杯子为这样的提问感到局促不安，感到羞辱，感到是自己在丢人。

心想，这傻×太嫩了，胆子还忒大，大庭广众中为了出风头，为了获得话语权，说出的话竟然可以达到羞辱一个正常人智商的地步。

渐渐地，杯子便有了生理反应，恶心得想吐。

杯子没有任何看不起娱记的意思，杯子甚至愿意做一个娱记，但绝不是这样的娱记，哪怕让杯子去做英国《太阳报》的狗仔队，他也不愿做这样的娱记。

至少《太阳报》的狗仔队有着重要的一条使命，就是发现和寻找别的媒体没有发现和寻找到的关于名人、明星的新闻，哪怕这新闻是花边的。

而现在的娱记发现寻找到了什么？几乎报纸电视中所有的娱乐新闻的新闻事实都是制造出来的，落在各媒体上也都是一样的，之所以看起来各有不同，那是因为有人说的是大象的腿，有的说的是大象的身子，有的说的是大象的尾巴，有的说的是大象的生殖器……明星们仅有的那一点点事儿，被娱记和媒体拆散零卖了。

4

就在那个周末，下午两点多，电线给杯子打来了电话，她说："杯子，我看见你们报纸发的消息了，真不短，谢谢啊！"

杯子说："谢什么谢，应该的。"

其实要不是电线，杯子能把它弄成一句话新闻。从"规则"上来说，在刊出的新闻中只要有这星的名字、唱片的名字、音像公司的名字，这活儿就算交差。

瘦小清秀的电线是这样一种人，活泼大方，笑容可掬，有一种说不出的亲和力。她长着一副娃娃脸，眼睛细长，有些像狐狸的眼睛，看起来虽不算漂亮，但却可爱。因为她的可爱，所以关于她所在公司的软宣传杯子就给处理得长了一点儿，为此杯子没有什么渎职的忐忑，只有给人帮助的心安理得。

杯子甚至想，做公关的丫头，长得就应该和电线一个类型才好，太漂亮有目的太明确、藐视人智商的不良副作用；太风骚，则有出卖色相、引人上钩的嫌疑。

"杯子，有空吗，我请你喝咖啡吧？"电线说。

"我下午单位上还有点儿事，晚上吧，一起吃饭，我请你，这样行吗？"

"行啊，怎么都行，还是我请你吧。"

"咱们先别说谁请谁这事儿，到时候再说吧，你定个地儿，到时

119

候不见不散。"

"你不是四川人吗，那我们去建国门赛特西边的'渝信'吧，七点，怎么样？"

"对，我父母都是四川人，小时候，我还在四川乡下的外婆家待过一两年，上大学的四年也是在重庆。我在渝信吃过，还行，就这样吧，晚上见！"

"晚上见！"

从渝信出来，电线才告诉杯子说："我明天要去上海，要十来天才回北京。"

"要我送你去机场吗？"

"不用。我们一行还有另外两个人，都是公司的同事。"

"到了上海，有事儿给我打电话。那边也有我的朋友，也许能帮上忙。"

"好的……到了上海，我担心我会想念你，所以今天约你出来见面。"

杯子站住了，望着电线的眼睛，然后把电线轻轻地揽在怀里，拍了拍电线的后背，说："傻丫头，想我就给我打电话吧。"

电线在上海的十二天，两人打了八九个电话，大多是电线打来北京的。有两回在电话中一聊就是半小时一小时的，把杯子的手机都打烫了。

在电话中，电线和杯子聊天的主题可以说是天马行空，脚踏西瓜皮，滑到哪儿算哪儿，两个人抱着电话瞎贫。现在回想起来，杯子竟然想不起他们两人都在电话里说了些什么。

电线除了给杯子打电话，还不断地给杯子的手机发短信，有些特逗，有些特黄。

5

杯子认识电线已经快三个月了。三个月中杯子和电线见了五六次，有三回吧，两人单独在一起。

那会儿，杯子没有恋人，也没有性伙伴。

电线也没有。

杯子觉得电线是自己的红颜知己，但不是恋人。杯子也觉得怪了，杯子和电线在一起，说起话来，无所不涉，毫无遮拦，像哥们儿，而不像异性朋友。感觉上比朋友更好，有思念，但却不像恋人那样扯心牵肺。

电线有点儿鲁，有时候就像个糙爷们儿，这从她给杯子的手机发的那些短信，就可以看出来。

那晚，已经快十点了，杯子和哥几个在东四北大街的孔乙己饭店吃饭，已到尾声，大家都说，各自自扫门前雪，喝完杯中的酒，就转场，去酒吧再喝，尤其以喇叭为首的四人准备到朋友的酒吧中一边喝酒一边玩牌，砸金花。

杯子的电话响了，是电线。杯子把手机紧紧地捂在耳边，站起身往饭店的外边走。屋子里太吵了，听不清电线的话。

电线说："我刚从香港回来，你在哪呀？"

杯子说："我在东四这边，马上吃完饭了，准备去一个朋友新开的酒吧坐一会儿。"

"你必须去，是吧？"

"没有，总之也没什么事，回家太早了，所以准备再在酒吧泡一会儿。"

"我们一起泡吧吧？"

"你从香港回来，不累吗？"

"没事儿，不累，我在兰桂坊等你。我从香港给你带了一本书回来，《奇士劳斯基论奇士劳斯基》，是台湾远流出版公司出版的，虽然是繁体字，但却是横排的。"

杯子返身回了喧闹的饭店里，撒了个谎，说："我有点儿事，先撤了。"

喇叭说："泡妞吧？"

杯子顺坡下驴，说："就是就是。"

喇叭一边掏钱买单，一边头也不抬地说："泡吧泡吧，该泡不泡也不对。男人不好色，是对女人的最大伤害。"

6

电线知道杯子喜欢基耶斯洛夫斯基。Kieslowski，基耶斯洛夫斯基是大陆的译法，台湾和香港则译成奇士劳斯基。杯子和电线一起聊过基耶斯洛夫斯基，杯子几乎看过这个波兰导演的所有电影，只要坊间有的 VCD、DVD，杯子都会尽力搜求到，杯子有基耶斯洛夫斯基的《十戒》《双面薇若妮卡》《蓝色情挑》《白色情迷》《红色情深》《爱情影片》。

电线也喜欢基耶斯洛夫斯基，她说她喜欢基耶斯洛夫斯基电影的那种调调。

基耶斯洛夫斯基在电影中一直以一种并非理性的解析能力，试图寻找和呈现生命历程中的多种可能性，表现出纯粹的非理性的神秘主义和宿命的情调。

122

有一回，电线对杯子说："在基耶斯洛夫斯基的电影中，唯一肯定的答案是人生的不确定性：茫茫人海中，陌生人之间必然有某种神秘的命运相牵连，所以，每个人的生活和生命也许就会被其中忽然搭上的一丝牵系所左右而改变一生，当然也许什么也没有发生。"

过了一会儿，她又说："我们的一生会因为我们的相识而改变吗？"

杯子说："我不知道。"

"也许会，也许不会。我们也逃脱不了基耶斯洛夫斯基对于生命不确定而又宿命的认知。"电线幽幽地说。

"不是认知，这个世界就是这样。你不能创造什么，更不能改变什么，顺其自然最好。"杯子说。

7

"香港好没意思！"电线一见了杯子就这么说。

里边地儿小人多，音乐又吵，杯子和电线就坐在兰桂坊外边的大伞下，一人一瓶喜力，边喝边说话。

电线穿了一件白色的背心，外套一件真丝黑色长袖衬衣，下装则是黑色麻纱长裤，有着淑女般的优雅。在三里屯夜色中的街头，时常引起行人的侧目和回头。

主要是电线说，杯子听。电线说她上高中的事、上大学的事，说她的初恋，一点儿也看不出她刚从香港回到北京，神情不仅没有丝毫疲倦，倒是显得有些兴奋。

到了夜里一点多，坐在屋外，加上冰凉的啤酒，杯子感到有些凉意。杯子握了握电线的手，说："夜深了，屋外凉，别喝了，我送你回家吧。"

电线的眼神有些迷蒙，她望着杯子，半晌才说："再喝一瓶，我们就回家。"

随即就又向服务生要了两瓶。

杯子想：电线有些高了，既然酒都要了，不喝电线肯定不答应，就喝吧。看电线的样子，她今晚到酒吧是买醉来了。一晚上，电线一点儿也没比杯子少喝，都是平端，一人一瓶，两人已经各喝了五瓶，两人已经各去了两趟厕所。

喝完第六瓶，两人离座到街边拦出租车，要不是杯子拉着电线的手，步子发飘的电线差点儿就摔了。杯子只好小心地搂着电线，电线也紧紧地挽着杯子的胳膊。

8

电线住在天宁寺边上的小区里，已经是深夜两点，路上车子稀少，跑着的也大多是出租车。电线把头靠在杯子的肩上，想睡，杯子摇了摇电线，说："别睡，我没去过你家，你得看路。"

电线坐直了身体，一摇头，强迫自己别犯迷糊。电线摇头的时候，长发扫着了杯子的脸，杯子感到脸上一阵酥麻。

出租车自东向西沿着长安街跑得飞快，也巧了，一路上尽是绿灯，到了白云路，一左转，眨眼就到了电线的楼下。

杯子本来想问电线："要我送你上楼吗？"看见电线晃晃悠悠的样子，便只好扶着电线上了楼。

电线在挎包里翻找了好一会儿，才翻出了钥匙。电线开了门，随手开了灯，屋中淡紫的光线便从斜开的门中照到了杯子的身上，杯子身后的墙上顿时便有了一团凝重的影子。

门外的杯子看见了屋中央放着的旅行箱，没有打开，上面拴着香港飞北京的行李签。杯子想到电线说她一到北京就给杯子打电话，连行李都没有打开，便一时脑子走了神。

电线靠在门框上，伸出左手握住了杯子的左手腕，说："进屋吧。"杯子便不由自主地走进了电线的家门，其实杯子是想把电线送到家门口，就对电线说"那我就走了"的。

看见行李箱放在屋中间碍事，杯子便把它移到了边上，不知里边装了些什么东西，好沉。茶几上浮着一层细绒一样的纤维微尘，屋里的东西也有些凌乱。

在杯子的身后，电线松开手，挎包和钥匙掉在了地毯上。杯子一转身，电线就扑进了杯子的怀中，紧紧地抱住杯子的腰。

杯子闭上眼睛，有十多秒，两人就拥抱在屋的中央，一动不动。就在这十秒之中，杯子的理智从身体的内部上升到了大脑中。杯子抱起电线，觉得电线好轻，感到电线的身体在他的怀里颤抖。

杯子边走边在电线的耳边轻声说："你喝醉了，又刚从香港回来，早点儿休息吧。"

走到床前，杯子把电线放下，电线仍然搂着杯子的脖子，吻了杯子的脸一下，说："别走了，好吗？"

杯子点了点头。

杯子和电线和衣躺在宽大的床上，很快就睡着了。

9

第二天的十点钟，杯子的手机响了，杯子这才醒了。杯子没有看见电线，屋子收拾得一尘不染，昨夜的凌乱不见了。

床头柜上放着电线写的纸条："家里什么吃的都没有，我出去买点儿吃的。等着我。"

杯子走进卫生间，看见洗漱台上放着盛好水的杯子，一把宾馆中的一次性牙刷横放在一面，上面已经挤好了牙膏。

好多年了，杯子从不用这样的牙刷，外出旅行杯子都带着自己的牙刷。杯子对牙刷的要求有些苛刻，杯子的理由是每天要用两次的东西必须精益求精。杯子通常都用爱尔兰生产的 Oral – B 牌牙刷。

但今天，杯子看到电线给杯子准备的牙刷、盛好水的水杯、挤好的牙膏，心中好一阵热。

杯子从镜中看到了自己，头发像是龙卷风扫荡过的草地，身上的 T 恤衫也睡得皱巴巴的。杯子把门插上，撒了一泡积蓄了一夜的陈尿，气味有些重，喝了啤酒的隔夜尿就是这样。杯子为此不得不冲了两次水。

然后，杯子急急忙忙地洗漱。杯子决定不等电线回来，就离开电线的家。

第九章 萌情

1

杯子因为认识电线而认识了玻璃。

杯子和电线仍然时常通电话，但两人好像都不去提那个两人在一起和衣而眠的一夜，除了工作，除了生活，两人都不谈情说爱，哪怕客观谈谈，哪怕谈谈的是与己无关的情爱。两人的关系变成彬彬有礼的友好交往。两人在一起吃饭或者泡吧，电线也不再喝酒，一点儿也不喝，只喝无酒精饮料。

那个饭局就这么不知不觉地来到了。

为了推广电线所在公司旗下的一个歌手的个人演唱会，电线组织了一个饭局。按照杯子的习惯，杯子一般不再参加电线组织的这类活动，但当电线在电话中说起这事儿时，杯子却鬼使神差地说："要不要我到场助阵？"

电线接着杯子的话，马上说："来呀，来呀！"

"我有一同学，在一家文化周刊，他刚从成都来北京，把他也叫上吧。"

"No problem，多多益善。"

在这个饭局上杯子第一次见到了玻璃，热热闹闹三大桌人，杯子现在记得的只有两人，电线和玻璃。

玻璃那天穿着有着军装风格的草绿色衬衣，两只袖子挽起来，用扣襻扣着，扣襻既是装饰，也可以防止挽起的袖子散开。身上斜背着一个大大的黑皮包，看起来不轻，后来杯子才知道里边塞着手机、呼机、数码相机、采访机、笔记本、电话号码本、两三支原子笔、香水、纸巾、一整套可以随时补妆的化妆用具，等等。而她的下装则是一条七分裤，也是草绿色的，但颜色更深一点，鞋子是一双黑色的阿迪达斯运动鞋。短发的"起床头"染成金色，很健康的肤色，脖颈白皙，身材比标准略胖，有着一对结实丰满的乳房。

整个人看起来显得特干练、特机灵，岁数在二十五六岁。

玻璃坐在杯子的右侧，她的身上散发着 clinique happy 的果香和花香的清幽馥郁的香味，弄得杯子有些神不守舍。

电线走过来，站在杯子和玻璃的中间，胳膊放在两人的肩上，很亲热地小声介绍说："这是玻璃，我姐们儿；这是杯子，我哥们儿。其他的我就不介绍了，要不我弄得跟红娘似的，你们自己好好聊聊，吃好喝好，我还得照顾别的桌子。"

杯子和玻璃互相交换了名片。

杯子说："经常在各个报刊看到你的大文章，好多明星都以接受过你的专访为荣。"

"咳，互相利用呗。他们出名，我挣点儿写文章的辛苦钱。我也读过你的文章，你好像和娱乐界有仇。"

"嘿，眼红人家出名快，拿钱多呗，心理不平衡，不就得宣泄是吧？"

"要是没人骂，我们捧的人不也没市场？"

"是呀，人家都说我们媒体是打一巴掌，再给个甜枣。"

"这么说，我们是战斗在两条战壕里的战友了。"

一个一身哈日族打扮的年轻女记者一坐下来，就开始谈《流星花园》，谈什么F4。

杯子特厌烦那四个高高瘦瘦的小男人，所以特烦人家谈F4，所以他故意和"哈日族"找别扭。

"什么F4，是最低级别的方程式赛车组合吗？"

"讨厌！你真不知道还是假装不知道？"

杯子一脸真诚的样子，说："我真不知道，是不是 FOOL 4 的意思？"

"哈日族"两眼圆瞪，生气地说："你找抽啊！"

说完，她自己倒笑了，一桌人都大笑起来。

玻璃说："可能是 FLOWERS 4 的意思吧。"

杯子对玻璃小声说："爱谁谁，出了这个门儿我就不认识他们了。"

"是啊，你是大作家呀，明儿个在街上见了我，不会装着不认识了吧？"

"骂谁呢，你才大作家呢。我明儿个给你打电话，别不接啊。"

杯子端起一杯啤酒和玻璃的矿泉水杯子碰了一下，一仰而尽。

玻璃也喝了一大口，说："今后多多关照！"

2

那个晚上，平时头一挨枕头就睡得死沉沉的杯子失眠了。杯子对玻璃有一种说不出来的感觉，不同于和电线的感觉，杯子不断地想象玻璃丰满的乳房和她的整个身体，回忆玻璃身上香水的味道，杯子的身体燥热不息，一直坚硬地和自己的内心较着劲，直到天快亮的时候才睡着。

杯子醒来的时候，已经快十二点了。杯子睡得一点儿也不好，一直在做梦，似睡非睡的状态，玻璃成了杯子梦境的主角。

杯子坐在床上，拿起旁边桌上的杯子，大大地喝了一口凉开水，然后拿起电话拨给玻璃。电话响了好一阵，对方才接电话，声音含含糊糊的，说："谁呀？"

杯子听出是玻璃的声音，说："玻璃，是我，杯子。"

"杯子，你烦不烦，我睡觉呢。"说完，啪的一声把电话扣了。

杯子拿着话筒，愣在那里。

满以为和人家挺投缘的，满以为自己在人家心目中挺是回事儿似的，结果人家不客气地亮起红灯，这才知道自己是一个特无趣也无理的非法闯入者。

你一个丫头家，有话就不能好好说，你就不能对人客气点儿，你不就是在睡觉吗？睡觉有什么了不起，又没有打断你的性高潮，说话咋就那么呛呢？

人家为什么要对你客气，你以为你是谁呀？给你兜头一瓢凉水算好的，没说你是性骚扰就不错了。

杯子把话筒扣回座机，很沮丧也很失落，觉得自己也快奔三十了，情场上也经过了不少摔打，这次第一次满怀热情地和人家打电话，就被人家如此不客气地堵了回来，很跌份儿，心里暗暗发誓不再和玻璃联络，别以为你玻璃多牛逼，杯子我也不是轻易就围着女人石榴裙转的人。

杯子下床，草草地洗漱了，打电话叫了楼下不远处一家快餐厅的外卖，就着一瓶啤酒，边吃边喝边看电视，打发时间。杯子感到有些困了，想再躺上床去，电话却响了。

是玻璃打来的。

"喂，是杯子吗？"

"我是杯子，你哪位？"杯子听出对方是玻璃，还是这么问了一句。

"我是玻璃，想给你打电话，却翻不到你的名片了，只好按这个你上午打来的座机电话记录打给你，还担心不是你的电话，找不到你呢。这个电话是你家里的电话吗？"

"是呀。"

"今后打这个电话方便吗？"

"没什么不方便，只不过我在家的时间不多，找不到我你就打手机吧，我的手机二十四小时开着。"

"行，我把你的手机号记下来。对了，你上午打电话有事吗？"

玻璃好像忘了自己上午对杯子的电话表现出的粗暴态度，好像对那样一种态度觉得是正常的，杯子一点儿也没有从玻璃话中的听出歉意。对此，杯子自然有些耿耿于怀，所以杯子说："你睡觉的时候是不是特烦别人打扰？"

"嘿，你是不是说我上午态度不好？我就那样，我的朋友都知道不能上午给我打电话，谁给我打电话我跟谁急。"

"没事，要尊重大小姐的个人习惯嘛！"

"哎，不知者不为怪，你也别计较我的态度，我呢，也不追究你打扰我睡觉的责任，咱们扯平了。"

杯子差点儿笑出声来，杯子还是第一次碰上玻璃这样玩着花样偷换概念、强词夺理的丫头，竟一时不知说什么好，自己理亏了一样。

"晚上我们去吃比萨吧，AA 制，我特喜欢吃比萨店里的沙拉。"

杯子特不喜欢吃比萨、罗杰斯以及所有的西式快餐，但杯子却没有反对玻璃的提议。

放下电话，杯子自从上午打过玻璃的电话之后就阴着的脸，已经烟消云散了。

"这死丫头，怎么这样没心没肺的。"杯子自言自语地说。

3

玻璃喜欢爬山，她说她过去做过导游，不知带着老外爬香山、长城爬了多少次。杯子是一个懒人，从不运动。

除了爬山，玻璃也没有其他的体育锻炼，心情好或心情不好，她都喜欢爬山。心情好的时候，玻璃通过爬山，放大或挽留这种好心情；心情不好的时候，则宣泄掉心中的郁闷。玻璃喜欢山里干净清新的空气，喜欢面对没有钩心斗角的大自然。

还有，通过爬山，玻璃还为自己丰满的身体减轻重量。

玻璃尝试过好多种减肥药，直到知道好多减肥药中都含 PPA，这才望而却步了。

爬山的时候，玻璃快乐得像一个孩子。这也是杯子喜欢陪着玻璃爬山的一个原因。

玻璃住的地方离北海公园只有两站地，玻璃和杯子常常吃过晚饭之后进到公园散步，或者坐在湖边的椅子上看着湖里的月亮在水波中晃动。这时候，玻璃的手中一定拿着一盒冰激凌，而杯子手中则是一听啤酒。直到夜里清园，杯子和玻璃才会起身回家。

就是杯子第一次受邀请陪玻璃爬香山，知道自己爱上了玻璃，而且知道自己的爱落到了实处——挑剔的玻璃开始接受杯子的爱。

玻璃从不在周末去爬山，总是挑人少的日子，上山也总挑无人走的路。在香山游人稀少的小径上，杯子第一次拉着玻璃的手，玻璃的手细柔，充满肉感。

杯子说："玻璃，我俩有缘，我们的名字翻译成英文，是同一个词，glass。"

玻璃没有说话，过了好一会儿，她突然在杯子的脸上吻了一下，笑着跑开了。

当杯子追上玻璃，玻璃从包里拿出纸巾，小心地擦去了杯子脸上的口红。

"你喝水的时候，会想你唇边的杯子就是我吗？"面对杯子喜欢的丫头，杯子也可以投其所好说些肉麻的话。

"我用的杯子都是一次性的，你是一次性的吗？"

"我是你永远的杯子！"杯子越来越肉麻了。

"这世上哪有永远的事情。"

"为什么要老想将来呢，只要现在存有永远的向往就值得珍惜。"

"也许吧……"

杯子看出了玻璃的犹疑，忍不住捏了一下拉着的玻璃的手。

"对了，你为什么要用容易脱色的口红呢？你喝水的时候，杯沿总留有你的唇印。"

"我过去也用不易脱色的口红，随后知道不易脱色的口红含铅量大对人体有害之后，就不再用了。"

4

山上有些寒凉，只要停下来，身上的细汗很快就会被凉风吹散。

在森玉笏的亭子中，杯子把原本系在腰上的毛衣解下来，披在玻璃的肩上。

杯子选了一处有阳光的地方坐下来，把身体靠在亭柱上，玻璃靠在杯子的怀里，杯子抱着玻璃的腰。在山中清冽的空气中，玻璃身体醉人的气息更加迷人。山中一片寂静，远方的山间浮升着淡淡的烟岚。两人都没有说话，杯子看不见玻璃的表情，低头吻了一下玻璃棕红色的头发。这会儿，午后金色的阳光正斜照在玻璃的头顶上，杯子呼吸到了玻璃头发的清香和阳光的温暖。杯子闭上了眼睛。

玻璃在杯子的怀中动了一下，说："杯子，想知道我的故事吗？"

"只要你愿意，我想知道你的故事。"

5

玻璃七年前离开江西省长江边的一座小城来到北京。

那是一座美丽的城市，离鄱阳湖和黄山不远，但在玻璃看来，那座城市只适合生活，不适合工作，没有什么工作的机会，如果谁家闹了婚变，很快全城人都会知道。生活在那里的人们太悠闲，他们满足于眼前的衣食无忧，满足于冬天的太阳驱散来自于长江和鄱阳湖的大雾之后，暖洋洋地照在身上。冬天的阳光下，小城的街边家家门前都坐着男男女女的人，他们舒适地斜倚在一张张竹椅上，嗑瓜子，或者聊天。

如果你在那里生活了十年，你就会认识街上的每一个人。

自从玻璃离开那座长江边的小城，小城的名字变成了老家，变成了故乡，当时是那样厌恶的环境突然变成了玻璃魂牵梦萦的地方，甚至因为思念而独自流泪。

其实玻璃当初是可以留在小城，留在父母身边的。那时候，她从一所企业管理的中专学校毕业之后，已经在镇政府工作了一年，这一年玻璃一直在离开还是留下这样的选择面前摇摆不定，她不是要说服家人，她只需要说服自己。一年之后，玻璃选择了离开，这时候，她妈妈的眼泪、她爸爸断绝父女关系的恐吓也都不能阻止她离开的步伐了。

离开小城的时候，玻璃的衣兜中只揣了几百元钱。当她在火车上坐下，她的心中突然有一种恐惧，这是她第一次出远门，而远方的北京举目无亲，她为自己的选择感到害怕起来。她从座位上站了起来，下意识地想下车，站到小城坚实的土地上，然后回家。就在这时，火车一抖，慢慢地开动了。

玻璃的泪水唰地流了下来，透过泪水，是玻璃平时熟悉得视若无睹的小城景象，它们不断地出现在车窗中，又疾速地从车窗中消失。

在北京七年，玻璃不知道自己干了多少种职业，餐厅的服务员、干洗店的干洗工、各种产品的推销员、小公司的会计、经理助理……几乎每一个工作都只能干两三个月——老板太坏、发不出工资、自己讨厌这份工作、讨厌工作的环境……每一次离开或被迫离开的理由都是唯一的选择。

没有钱的时候，玻璃好多天吃不上饭。

没有钱交房租，被房主赶出来，半夜仍徘徊在北京的街头，手里紧紧攥着的是自己的身份证。

租住在平房里时，总是有联防队员甚至警察在半夜里敲你的门，查你的证件，在你屋里一待就待到下半夜。

这样艰苦的日子玻璃过了三年多，直到她自己开起服装店，才挣了些钱。有了钱之后，到北京之后一直为文凭吃尽苦头的玻璃一边开始到成人大学上学，一边到一家报社做广告员，因为所写文章得到总编的好评，又转干记者。自那之后，玻璃一直在媒体做记者或编辑，生性具有挑战和冒险性格的玻璃三年下来，已经转战了四五家媒体。

玻璃已经拿到了中国语言文学专业的本科文凭，但这文凭已经没有用了，凭她在各大报刊发表的众多大文章，她可以轻易地跳入她喜欢的媒体工作。

6

听玻璃说她的故事的时候，杯子的眼睛一直望着香山远处的峰峦、峰峦上的云朵。玻璃一直没有回头，杯子看不见她的表情，杯子只是用劲地抱着玻璃，让玻璃感到杯子的力量，感到杯子胸怀的温暖。玻璃一开始讲述自己在北京的故事，杯子的心跳就加快了，如果不是杯子的双手抱着玻璃，杯子的手一定会发抖，而玻璃的声音却是平静的，她就像是在讲别人的故事。

杯子在内心发誓，如果自己和玻璃在一起，或者即使不在一起，只要自己知道，自己就不再让玻璃再受一个女人不该受的苦。

7

在北京，玻璃认识了她的男朋友。

玻璃的男朋友是一个火车司机。

玻璃说："我一说我的男朋友是火车司机，好多人都以为是那种戴着风镜、脖子上围着一条发黑的白毛巾、不断地向炉膛里甩煤的人。那样的火车叫蒸汽机车，除此之外还有燃油机车，也就是内燃机车。他是开电力机车的，用电脑控制。现在，我们国家已经没有蒸汽机车了。电力机车是中国目前最先进的火车。"

"你们是怎么认识的呢?"杯子问。

"我不会告诉任何人我们是怎么认识的，除非和他结婚之后，这个秘密才会公开。我们已经认识五年了，他的家在吉林，我们也都一同去过各自的老家，但就是现在我的父母和他的父母都不知道我们是怎么认识的。"

说到这儿，玻璃从杯子的怀抱中站了起来，走到亭边，望着远处说:"我也不知道为什么现在会和你在一起，你是这么多年来除他之外，唯一和我亲近的男人。"

杯子走到玻璃的身边，两人并肩而立，杯子说:"虽然我们认识的时间还不长，但明天会一天一天地到来。"

"也许我太孤独了，他要跑车，他还是专列司机，我们很少见面，有时候我们半个月二十天都见不了一次面。对我来说，他几乎就是一个象征。我生病的时候，一个人躺在床上，一个人扛着，也不会告诉他，因为告诉了他也没用，他不会停下火车，回到我的身边陪伴我，反而让他增加心理负担。"

"如果你有什么事，你生病了，你要告诉我。"

"也许吧……也许是我和他的年纪一样大吧，我们更像朋友，像兄妹，不像恋人。他没有那种男人对女人的细心，他甚至不会讨女人的欢心。但他是实实在在的，不像一些浪漫男人那样对女人注重的是情恋和性的本身，他注重的是我这个人。他是一个真正的男人，内心里有责任感的男人，他可以接受我的唠叨，接受我的坏脾气，甚至接受我的无理。这么多年了，没有信任和宽容，我们早分手了。我珍惜这份信任和宽容。"

"我知道。"

"你不知道。好了，不说这些了，我们继续爬山吧。"玻璃使劲摇了摇头，像是要把刚才说过的话都甩掉。

8

是的，如果仅仅看玻璃的外表，或者与玻璃只是表面接触，你根本不可能相信她在北京受过那么多苦，经过了那么多的艰辛坎坷。

你以为玻璃像一个男孩子一样，爬山总是走人迹稀少的道路、险要的地方，时常还动作灵巧地爬到一棵树上，其实不是。她胆小得不敢看恐怖片，和一群朋友一起在电影院看也不行。如果看了，当晚她会做一夜的噩梦。

有一回，杯子和玻璃看好莱坞大片《垂直极限》，这只是一部惊险片，紧张的玻璃突然抓住杯子的手，她的指甲就从杯子的虎口上挖去了一小块肉。

一到夜晚，一个人待在屋里，她时常会被恐惧击中，盼着入眠，又害怕睡去，害怕那突然的敲门声，害怕黑暗中的梦魇把自己攫住，不能重返光明的世界。

你以为玻璃是一个大大咧咧的、开朗的人，其实不是。她的心灵受过太多的伤害，经历过一次又一次的绝望，她只好更加小心地保护自己，有时候她的敏感甚至出乎你的预料。有时，别人的关心，她会误以为是怜悯。

为了保护自己，玻璃甚至会下意识地做出主动进攻的举动，来为自己争取主动。

所以玻璃容易和她亲近的人争吵，容易对她信赖的人发脾气，甚至对自己亲近的人表现出要求的苛刻。

玻璃的性格就是这样充满分裂和变异。

这些，都是杯子后来才知道的。

9

因为这些年来的艰辛生活，玻璃落下了胃病和严重的失眠症，还有一场车祸给她留下的严重的颈椎病。

而杯子却有着良好的睡眠，只要无事可做，杯子可以随时沉入梦境，最终保证每天睡眠九个小时的硬性指标，所以杯子的工作、玩乐和睡眠可以随机调节。

玻璃的睡眠却糟糕至极，成年吃珍珠粉、刺五加才能勉强睡着，而且睡眠质量非常不好，不断地做梦，乱七八糟的梦，脑子很难息下来，经常被噩梦吓醒。

在工作和生活中看起来风风火火、聪明能干、像是一个女强人的玻璃，在夜晚的睡眠中却是如此的柔弱无助。

已经快一点了，杯子的电话响了，玻璃说："杯子，我睡不着。"

杯子说："你把听筒放在耳边，我给你讲笑话吧，你尽量放松，想象自己是躺在云上，全身放松，好吗？"

"嗯，好的。"

杯子尽量把自己的声音放低，轻轻地述说，每说一条就停顿一小会儿。

一天，0 跟 8 在街上相遇，0 不屑地看了 8 一眼，说："胖就胖呗，还系什么裤腰带啊！"

0 碰到 10，看了他一眼，不屑地说："年纪轻轻的，拄什么拐杖呀。"

0 碰到 101，很同情地看着他，"哎，怎么拄上双拐了！"

0 碰到 10，瞥她一眼："小样，傍上大款我就不认识你了？"

0 碰上了 Q，大吃一惊："怎么长尾巴了？"

0 碰上 00 说："胖子，怎么不等我就结婚了。"

0 在路上又看到 9，说："哎，兄弟，怎么截肢了？"

2 和 5 的笑话是这样的：

2 对 5 说："你也该把肚皮收收了。"

5 说："怎么？隆了胸就了不起了呀！"

6 和 9 也有一个笑话。

一天，6 碰到了 9，6 不屑地说："走就走呗，还玩什么倒立。"

7 和 2 在街头相遇，2 请 7 去电影院看电影，7 不去，反对 2 说："你下跪也没有用，我是不会嫁给你的。"

玻璃在那头迷迷糊糊地说："你刚才不是说 2 隆胸了吗，它怎么成了男的了？"

142

杯子哭笑不得，说："嗨，这个 2 和那个 2 不是一个人。你别思考，听着就行了，这样我讲的笑话和故事就会把你脑子里其他妨碍你睡眠的事情稀释掉，知道吗?"

　　……

　　直到杯子听到话筒里传来玻璃微微的鼾声，这才把电话扣掉。

第十章 大海

1

玻璃从没有见过海，加之棋死了，杯子想换一个环境来忘掉。

杯子和玻璃在一起的时候，才可以忘掉棋。

杯子和玻璃决定在周末去一趟北戴河。

前一天，杯子买好车票，是 Y209 次旅游列车，早上七点五十二开车，杯子打电话和玻璃约好七点二十在地铁北京站内碰头，再一起去候车室。

在凉爽的空调列车上，玻璃靠在杯子的肩上睡着了。杯子轻轻地脱下身上的棉布衬衣，披在玻璃的身上。

玻璃有洁癖，她每天早上起床之后，除了刷牙、洗脸就是洗头，出门在外，她也总带着自己的床单和被罩；不管多晚，当天换下的衣服，她都要洗好晾上才能上床睡觉。

除了玻璃的男朋友，杯子是玻璃的另一片安眠药，睡眠恶劣的玻璃只要有男朋友或者杯子在身边，她的睡眠就会好许多，就会安静地进入梦乡，甚至会在白天睡着。有两次，玻璃甚至在出租车上躺在杯子的怀中睡着了。

那些没有安全感的日子至今仍使玻璃生活在惊悸中，一个人的夜晚，就是她与失眠搏斗的夜晚。

看着睡着了的玻璃，杯子有一种欣慰的感觉。他不知道玻璃对他是不是有爱，但玻璃信赖杯子，却是不容怀疑的。

中午的时候，列车到达北戴河，杯子和玻璃打了出租车很快就到了海边，在靠海的宾馆开了房间，上街吃了饭，就到了海滩。

玻璃的游泳技术一点儿也不输杯子，玻璃说她十多岁就跟姐姐在长江里游泳了。要不是杯子阻止，她会游出海滩管理处指定的安全区域。玻璃要和杯子比赛游泳，也没有得到杯子的响应，玻璃很争强好胜，杯子不想让她在海里消耗太多的体力。

那个下午，两人一直在海滩，游累了，感到冷了，就躺回到海滩的太阳伞下，热了就再回到海里游两圈。那个下午，在海滩的太阳伞下，玻璃吃了三盒冰激凌，杯子喝了四听啤酒。

到了傍晚，两人才离开海滩回宾馆洗了澡，上街吃了饭。

夜里杯子和玻璃再次来到海边。

清凉的海风，硕大的明月，阵阵的涛声。海水随着月亮的升起而慢慢涨潮，月亮在海上投下的光带像一条铺着银子通向大海中心的道路，随着浪潮而在海中起伏。

玻璃依偎着杯子，两人赤脚在海滩上散步；或者拥抱在一起，甜蜜地亲吻。远离了喧闹的北京，远离了没完没了的工作，这是两人的世界，两人的天堂，没有争吵，只有亲密。

"玻璃，今晚我要为你写一首诗。"杯子说。

"我会永远记住这个夜晚的，你呢，杯子？"

"也许会忘记，但我知道忘记比记住难一百倍，一万倍。"

夜深了，风大了，天凉了，杯子和玻璃这才穿过四处都是上坡或下坡的街巷回到宾馆。

2

回到宾馆，杯子立即坐在桌前，拿出宾馆服务册中的纸张，迅速地写下《海边的内心》这首诗，修改之后，又重抄了一遍。

玻璃穿着睡衣靠在床头上看书，看见杯子拿着一张纸从桌前转过身来，便放下书说："写完了吗？"

"写完了。"

杯子坐到玻璃的身边，把玻璃抱在怀里，轻轻地念道：

我要成为这海上的柔风

吻遍你神奇的身体

我要成为这海上的浪波

让你枕着我的涛声入梦

我要成为这海上的明月

固执地述说我的爱源自千年

我要成为这海上的礁石

痴情守望永不动摇

哦，亲爱的

我只盼望当我们年老时

相会在这里

这片蓝色的大海

仍会照亮我们昏花的眼睛

仍会在我们相互凝望的眼睛中

掀起内心的波涛

诗念完了，屋中一片寂静，只听得见两人的呼吸，只闻得见两人身体的气味在房间中无声地浮动。

玻璃转过身来，把头埋在杯子的胸前，杯子捧起玻璃的脸，两人的唇碰触到了一起。

杯子脱去了玻璃身上的睡衣和自己的衣服。

两人疯狂地亲吻。

玻璃像一头小兽，啮咬杯子的肩、杯子的乳头。

杯子的双手在玻璃的全身游走抚摸弹动，亲吻吮吸玻璃身体中最敏感的地方。

粗重的喘息声间杂着呻吟，间杂着因为疼痛而压低了的叫喊。

……

但当杯子要深入玻璃最隐秘的地方时，遭到了玻璃的反抗，没有声音却是坚决的反抗。

过去几次也是这样。那是在玻璃的家中，玻璃总是不让杯子进入她的身体。杯子想，可能是因为在玻璃的家中，玻璃说过那不是她一个人的家，是她和她男朋友共同的家。杯子想，在那样的环境中，玻璃可能有心理障碍，所以只要玻璃反抗，他就停止进一步的行动。事实上也无法进一步行动。杯子不想违背玻璃的意愿做这样的事情，那样也不快乐。

杯子没想到，两人住到了远离北京的海边，有了那么完美的前奏，玻璃还是这样，两人还是不能享受美好的性爱。

杯子一下就掉进了冰窟中，身体变得僵硬起来，身体中的饥渴和不能控制的热转瞬就消失了。

两人并肩躺在床上，杯子拉起白色的被单盖住了两人的身体。

被单和身下的床单都是杯子专门为玻璃带来的。玻璃有洁癖，她不睡宾馆的床单和被单。

玻璃在被单下拉住了杯子的手。杯子闭着眼睛没有说话，过了一会儿，从沮丧中走了出来的杯子才把玻璃揽在了怀中，说："我给你讲一个笑话吧。"

玻璃把头放在杯子的胸膛上，说："好吧。"

8

　　住在山头的一户人家养了一头母猪，主人给山下养了公猪的人家打电话，说："我家的母猪发情了，该配种了，麻烦你把你家的公猪送来我家用用，如果我家母猪生了小猪，到时候就送你家两条小猪作为配种的回报。"

　　公猪的主人把公猪赶上车，用马拉到了山上的人家。

　　公猪和母猪的交配很顺利。

　　到了晚上，公猪的主人家的电话又响了，是母猪的主人打来的，他说："母猪和公猪只交配一次，恐怕不保险，明天再追加一次吧。"

　　第二天，公猪的主人只好赶上马车把公猪再次送到山上，让公猪和母猪再次交配。

　　第三天早上，公猪的主人起床开门一看，公猪自己已经面带微笑地坐上了马车。

说完，杯子叹了一口气，说："连一头猪都懂得快乐，都知道寻求快乐，为什么你要抵抗快乐，让快乐溜走呢?"

"对不起，我也很难受的，但我不能……"

"怎么会不能够，你知道吗，人一生快乐和健康最重要，你在浪

151

费你的青春。"

"我有男朋友，我将来要嫁给他。"

"你已经二十六岁了，你还在说将来会嫁给他。……嫁给我好吗，玻璃？"

"他是我的初恋，没有人会像他那样对我好。"

"你没有尝试，怎么会知道这个世界没有哪个男人会像他那样对你好？"

"这个世界上可能有不少的好男人，但适合我的只有他，所以我不能背叛他。"

"你觉得心灵的背叛和肉体的背叛，孰轻孰重？"一说出这句话，杯子就后悔了。杯子知道，玻璃和他在一起，她的内心是有压力和障碍的。

"你是说我背叛，是吗？"

"我不是那个意思。"

"你就是这个意思，连你也指责我背叛！"

"对不起玻璃，你知道我爱你……"

"你是那头公猪，男人都是公猪。"

……

杯子挪身从玻璃的床上下来，睡回到了自己的床上。

风吹动着窗帘，透过窗帘的月光照进屋中，在杯子和玻璃的身上晃动，在床头柜上那张杯子写给玻璃的情诗上晃动。

两人都睡不着，不断地在床上翻身。

杯子迟疑了一下，还是翻身下床，蹲在玻璃的床头，说："世上本没有猪，我这样的人多了，也便有了猪。"

玻璃从被单中伸出手来，握住了杯子的手，杯子上床，躺在玻璃的身边，拥着玻璃。

杯子先是听见身边的玻璃入睡后轻微的鼾声，然后便看见了自己的梦境。

1

在回北京的列车上，杯子想起一个故事。

一对庆祝金婚的老夫妇重新踏上了当年的蜜月之旅，来到那座可以看见海的旅舍，住进当年所住的房间。

一切依旧，房间里的陈设依旧，通过窗户看见的还是当年的大海、当年的月光，连天空的星子也没有改变当初的位置。

风轻轻地吹动窗纱，海涛声清晰可闻，这对相拥在一起的老夫妇却怎么也难以入眠。

妻子说："亲爱的，你能像当年那样亲吻我吗？"

丈夫说："好的，宝贝。请等一下，我戴上我的假牙。"

杯子想的是，玻璃有她的男朋友，会有自己的丈夫，这个丈夫不是他，他和玻璃不会有这样的老年恩爱，但如果上天给两人机会，如果玻璃愿意，老年的杯子会和玻璃相约再次去到北戴河的那片海滩，只不过是以相知一生的朋友的关系。盼望那时候，自己还记得昨夜那首写给玻璃的诗。

和玻璃相识是一个错误吗？一开始就注定了错误的结局吗？杯子不知道，也不想知道。杯子一点儿也不后悔，他和玻璃在一起的时候毕竟有许多快乐的时光，生命除了遵从内心的选择，没有更好的方法。

只要玻璃是快乐的……就连杯子自己都不可思议，与玻璃相处，他把爱转换成了一种责任。

　　车窗外不断掠过的是夏日绿色的原野，绿色的青纱帐。廓大无边的原野之上是晴朗的蓝天，蓝天上的一朵朵白云就停留在树杪和屋脊上。

　　杯子一个人在这浓绿的北方夏日的景象中行走过，此起彼伏的蛙声、无边无际的蝉鸣，田野中农人稀少，满头汗水的他没有目的地，他只是想忘掉身后的城市、城市中的喧嚣和他心中的烦恼。

　　玻璃坐在对面的座位上，她看起来有些疲倦，她也望着车窗外，两人一路上很少说话。杯子尝试了几次，想找到一个话题来打破旅途的沉闷，但玻璃仍然没有什么说话的兴致，这样杯子也就作罢了。

　　杯子的心中涌动着一种冲动，跳下车去，沿着铁路线，走回北京——杯子需要一身又一身淋漓的大汗给自己以洗礼，洗刷自己疲累而又茫然的内心。

第十一章　玉米

1

除了在似梦非梦的夜里，自己的灵魂在北京城的上空飘飞游走外，轮子没有更好的办法逃离和解脱。

轮子不像杯子那样，有玻璃、电线那样的女友，失踪的小妹成了轮子寻找女友的心理障碍。

北京是如此陌生，轮子不知道在生活的何处才可以找到都市生活中失落的自然和人与人之间的关爱。

这个城市中的许多自诩为城市中坚的人已经城市化了，城市的淡漠、城市的冷硬、城市的自我都在他们的身上烙下了痕迹——城市在给了他们无数便利和优越的同时，也悄悄地抹掉了他们心灵中那些柔软而亲切的东西，它们在带给人坚强的同时，也不知不觉地让生活在城市中的人变得淡漠。

轮子意识到了这点，并为此受到挤压和伤害。

厌倦、疲惫和无可奈何中的焦虑……让轮子渴望逃离；可是，他能逃向哪里？是像蜗牛一样躺回就是在夜里仍然车轮滚滚的三环路边那十八层高的拥挤得像火柴盒的塔楼？还是在汹涌的下班人流车流中像一片落叶一样被喧嚣淹没？

轮子灵魂的夜游是他定格、放缓"速度时代"的梦呓，是他疗慰自我的一次又一次的精神散步。

今夜，轮子再次飘飞在夜空中，寻找可能的解脱或者奇遇。

2

轮子的故事，轮子和杯子，在恍惚的梦境中，就像一个人和他的影子一样，如影随形，不分彼此。

没有开灯，在黑暗中，轮子就像行走在白昼中，只是看上去，他的身体比在现实中更轻，就像是行走在引力很小的别的星球上。

轮子出了门，走到电梯间，坐电梯下了楼。

下楼之后那边不远的地方，有一个小得不能再小的庭院。看院门上的铜门牌和听管理员的介绍，轮子已经知道那是一个有名的历史人物的旧居。那个旧居就像这座高楼林立的城市脚下雕刻得很古典和精美的蟋蟀笼子。有两回，杯子来找轮子玩，在晚上，轮子杯子就带上几瓶啤酒，翻过院墙，悄悄地溜进去，坐在石头凳子上轻声说话，或者无言无语地从花藤的缝隙中仰望天空中像被砂纸打磨得发毛的月亮，有一口没一口地喝着啤酒。这样的安坐使轮子和杯子有一种包围他们的城市向后退了几步的感觉。

轮子翻过围墙，走过墙边的绿草地，向院后的花园走去。石头的桌子和凳子就在后院。轮子熟悉这个小院就像他熟悉自己远方的家一样。虽然是初夏，绿草地上的露水仍然还有些寒凉。这些露水弄湿了轮子的裤足。因为石头的桌凳是在长春藤和金银花藤的架子下，所以上边的露水不多，看上去它们就像是石凳石桌冒出的零零星星的汗。

轮子坐了下来。

朦胧的月光在地上、在轮子的身上、在石头的桌凳上稀疏地飘洒着，看起来就像是月亮上山丘的纹理。也许是轮子的来到，惊醒了蟋蟀的酣梦，墙边的草地中的蟋蟀叫了起来。蟋蟀声中，花藤上的叶子好像轻轻地动了起来。

一粒硕大饱满而又晶莹的露珠落了下来，划过庭院小小的天空和轮子冰凉的前额。

睡梦中的轮子再次看见了故乡的雨珠滚下叶梢时，自己心中那无声的抽咽。

轮子听见了井中鱼儿翻身的声音。井中的它们看见月亮一天天失去光泽，看见蜘蛛在井口织成丝网。它们已经记不起身旁的莲花是什么时候开过的了。井中的水越来越浅，从地下渗进来的水越来越苦，越来越难闻。它们想，它们已经苍老了，它们不知道什么时候会死去。它们已经不再为此焦虑，也不再为此失眠。

轮子就坐在院子中想这些，想自己也像井中的鱼，已经无路可逃。

轮子起身的时候，檐下已经褪尽颜色的红灯笼像是无法承受爬上肩头的月光的沉重，"叭"的一声掉到了地上。

3

轮子翻墙出了院子，他感到有些冷。

轮子不知道已经几点了，也不知道走过了几条大街、自己到了哪儿。

这是一条宽阔的大街，但大街上却几乎已经没有了行人，好久才有一辆街车在大街上拖着一条红色的尾灯光驶过，似睡似醒的，懒洋洋的样子。

一条健壮的狗像是与异性偷完了情，迈着急匆匆的碎步，沿着大街跑着。在它侧着头不解地看轮子这个踽踽独行的人的时候，它没有注意街边有一个空的可口可乐易拉罐，一脚踢了上去，空罐哐啷啷在街上滚了起来，声音在空寂的大街上响得十分让人心惊，吓了它一大跳。它急忙跑了上去追上空罐，用自己的两只前爪摁住，空罐才停了下来，没有了声音。这时，它又回过头来，对着轮子压着嗓子呜呜地吼了两声。

这只笨狗，它以为是轮子捉弄了它，给它故意设下的恶作剧呢。为了发泄它的不满，它在大街上竟然翘起右边的后腿，对着空罐尿了起来。然后，抖了抖身体，又匆匆忙忙地跑了。

饱含着凉意的风吹到轮子的身上，他隐隐约约地听见身后像有一片干枯的树叶尾随着他，发出窸窸窣窣的声音。轮子回过头来，它也停止不前，他走上去想看清楚它的时候，它却突然飞了起来。

这个仲夏的季节，没有落叶，更没有干枯的落叶。它是一张纸，一张像是附着有灵魂一样的白纸。在大街上空，在高楼夹峙的空隙中忽高忽低地飘飞着。

4

仅仅一株，一株像树一样的玉米无声地在街头走着，有时，它也停下脚步，在玻璃峡谷中迷惘地抬头仰望着摩天大楼上繁密白亮的灯光。这时，整个城市已在疯狂、宣泄之后有些疲倦地逐渐滑入梦境。而轮子，怀着深切的悲伤，扇动他的灵魂之羽在城市的街头四处寻找那些从书页间逃走了的文字，像一个无家可归的流浪儿。

轮子在那座高层塔楼下看见了一张未被人捡拾走的纸钞，这张纸钞难道飘荡了好多天才落到了地上？轮子想了想，才肯定他上一次的飘飞和夜游已经是五天前的事了。

轮子把地上的纸钞捡了起来，他看见纸钞上面的字却像钉子一样钉在这花花的纸上，不可抹杀。但轮子知道，这上面的字，并不是他要寻找的字。他非常不屑地又把这有着文字的花花纸扔了。

四个暴走族骑着摩托车并排着飞驰过来，他们都开着雪亮的摩托车灯，戴着五颜六色的头盔，在夜深人静的大街上飞驰。

眼看他们就要撞上正抬头仰望楼宇的玉米树，轮子大惊失色，高喊一声："玉米，小心！"

摩托车驰了过去，被惊吓得不知所措的玉米树仍然紧抱着自己的身体惊恐地站在街中心。摩托车挟起的风把玉米树的绿叶刮得呼啦啦地响，并撕出了几处伤口。摩托车喷气管里喷出的废气呛得玉米树剧烈地咳嗽起来，咳嗽得弯了腰。

轮子飞了过去，停留在玉米树背上，替玉米树捶着背。好一会儿，玉米树才停止了咳嗽，直起腰来。玉米树直起腰来的时候，还像乡村女孩子那样向轮子羞涩地笑了一下。

轮子不知道这株玉米树来自哪个遥远的乡间，来自哪一片山林环抱的田野。在这座城市，那些在大街上像飓风一样奔驰的车子对玉米树是那样的危险。这株玉米树为什么不像其他安于贫穷、安于鸟和锄头之声的玉米和紫麦一样，待在田野和山里呢？

和玉米树一样同是来自乡村的轮子深深地同情玉米树，也深深地为她的处境担忧。轮子不得不和玉米树在一起，来共同承担那不知什么时候会来临的伤害。玉米树对于轮子的关心和爱护从内心里表示感激。看得出来，她对轮子的陪伴也非常乐意。它是一株来自乡下的玉米，还不会表达内心的感激，更不会像城市人那样对自己内心的渴望做出虚假的客气。但她的内心，我们通过她的眼睛会看得非常清楚。偶尔轮子和玉米树对视的时候，双方竟然可以看到那来自心底里的像爱情那样隐约的火花。

玉米树碧如绿玉的叶子像海中的海带一样宽大。这一点又让轮子想起他像海一样的故乡原野，和原野上那无边无际的青纱帐。那一会儿，轮子有些走神，他的双眼不知不觉被从心底里涌出的泪水弄潮湿了。

那些故乡夜里的灯盏，那些被轮子称之为礁石里的灯盏是不是仍还亮着？

5

轮子和这热带宽叶林般的玉米树手拉着手，漫步在空寂无人的大街上。轮子闻见了那股久违了的原野的清香。轮子甚至觉得，就连这腐败城市中酸涩的风吹过玉米树之后，都变得纯净和清凉起来了。

在那从一扇扇大楼的窗户中射出的灯光中，轮子看见玉米宽大的绿叶的周边上那有着像防风林般整齐美丽的银色绒边，就像纯洁的乡下姑娘迎着阳光时脸上呈现出的美丽汗毛。当灯光通过在风中拂动的玉米叶的银边，代表城市繁华的灯光竟有了从前蓝色夜空中星光闪烁的梦幻诗意。

可以说，轮子对于写作的热爱就开始于长满玉米的田野上。

在北京，在一个又一个失眠的夜晚，轮子坐在靠在窗前的书桌前，抬头望着天空，望着天空中的星子和月亮，望着远方。在轮子常常出现的幻觉中，故乡的麦子和谷粒、玉米和大豆，穿过漫长的夜晚，成群结队地向他飞来。在幽暗的夜空中，这些像星星一样闪烁的故乡人的粮食布满异乡人轮子的眼睛。这时的轮子痴迷于自己的幻觉，不愿走到明亮的灯光下。他看见故乡的土地上长满了庄稼，看见那些像他小时候无法握住的铅笔一样粗短的粮仓装满粮食。他还看见他的那些童年的小伙伴，而现在已经长大的青年在玉米林中用民歌表达他们的爱，表达他们对劳动的热爱。田野里每一片玉米的叶子都流淌出淳朴的音乐，使轮子更加讨厌自己在城市里的创作。

6

轮子不知道，玉米树要去哪里，他也不问玉米树。他们俩就这样手拉着手无言地漫步在这城市的街头，漫无目的。有时候，他们也会在十字街头停留一下。这时候，轮子就会故意更久地收住自己的脚步，等待玉米树的选择。

这是一株健壮的玉米树，她的身上已经怀抱着自己的孩子。玉米树上一共结着五个饱满的玉米，绿色的襁褓把这些嫩嫩的玉米裹得严严实实、整整齐齐。这些玉米都长着像流苏一样漂亮的、长长的红色头发。轮子用手轻轻地抚摸着它们的头发，心中清香缭绕，使轮子情不自禁地埋下头去轻轻地依次亲吻玉米树身上的五个孩子。轮子在内心里已经把他们想象成自己的孩子，自己像一个父亲一样爱他们，心底里充满了感激上帝的泪水。这时候，轮子更深刻地知道了，自己死活不知地生存在这座城市中灵魂不安的疾病根源，原来就是因为自己背离了绿叶，背离了乡村，背离了原野。

轮子久久地与这株独自潜入城市之夜中的玉米树携手漫步街头。玉米树梢上的花飘落在安全岛、斑马线和街心中，它的清纯之香感染了这座城市污浊的空气。这是真实的清纯之香，而不是那种干燥花的芳香。干燥花的香气给人的感觉太强烈，就像我们点着艾草去驱逐蚊蚋，都是我们故意和功利的行为。

　　当轮子和玉米树分手的时候，他才知道这株玉米拜访这座城市的初衷。她喃喃地，像是问轮子，又像是自言自语地说："哪里是我祖先生根的地方呢？那条溪流和那片山林哪儿去了呢？"

　　轮子说："绿叶的玉米，城市侵占了你们的家园。现在，这座城市只生长高大的楼房和水泥的街道。在这座不夜的都市中我们再也找不到一片你和你的族类生长的土地了。"

　　轮子想挽留玉米树留在他的身边，和他一起。

　　他对玉米树说："我想请你留下来，我们可以每一个晚上都这样手拉手地在大街上散步，看街上的灯火。"

　　其实，在轮子真挚地恳求玉米树留下来的时候，他的内心感到是那样的无力和空虚。玉米树留下来又如何？她能拯救这座城市，拯救自己吗？不能，留下玉米树除了给玉米树更大的伤害以外，不会有什么其他更好的结果。

　　如果是这样，那轮子就太自私了。轮子不是一个自私的人。他除了和玉米树拥抱之后挥泪而别之外，没有任何办法。

　　轮子和玉米树拥抱着，互相擦着脸上的泪水，说再见。但他们知道，他们已经没有可能再见。他们的故事注定是一个执手相看泪眼的故事。这是结局也不是结局，是再见又没有再见。因为原本就没有结局也没有再见。

　　玉米树再也没有回头，渐渐消失在了长街的尽头。

轮子也不知道，在秋天到来的时候，她将是把自己在这座城市和这个夜晚的传奇遭遇遗忘在郊外的田野里呢，还是告诉她的五个孩子——那一粒粒像牙齿一样的粮食的种子，等待来年再生长出另一些轮子不知道的故事。

轮子和玉米树短暂的爱情就这样结束了。

7

又是一次无望的爱情的经历，但轮子更愿意经受这种柏拉图似的精神之恋。他夜里总是感受到罪恶和堕落，这次经历给他愿望破灭的漫游带来了一丝丝像啃嚼玉米芯一样甜味的安慰。遥望着玉米树远去的身影在夜色中渐渐淹没，他的心情既恋恋不舍，又似与谁赌气一样的倔强，他转身和玉米树作别，也和自己心灵中的爱情作别。

和玉米树分手之后，在黎明前最黑暗的时候，轮子如纸一般飘忽的灵魂在一个大街的拐角处，不小心被一股酸腐中带着腥臭的风吹进了一条神秘的街道。这条街道空无一人，两侧坚固的水泥墙高不可攀，其高度几乎和天空的高度一样；没有一棵树，轮子除了有时在肮脏的地上坐下来休息一下自己疲倦的灵魂外，找不到一根栖息的枝丫；有时，他的灵魂在飘忽中与街边高高的水泥墙接触时，便感到这高墙就像一堵冰墙一样砭人肌骨，使他的整个灵魂忍不住一颤。

这条街道是那样的漫长、那样的深不可测、那样的黑暗，轮子不管飞到什么高度，他都看不见这条街道的尽头。一会儿之后，轮子回头看他来时走过的路，连他来时的路口他也看不见了。轮子在

165

这座城市已经两三年，但他却不知道，这座城市还有一条这样深不可测的街巷，这就更使轮子感到城市的巨大和神秘了。

当轮子再一次停止他的飘飞，在街道边坐下来喘气的时候，他听见他身旁的墙后突然有声音传出。那是一种撕拼打斗，不断地在墙上碰撞的声音。没有人应和他的声音，也没有人制止他的厮打和号叫，他孤狼般惨烈的号叫使人禁不住心中一阵阵发紧。

轮子转过身去，专注地盯着厚墙。他想，自己灵魂的眼睛是能够看穿任何物体的。渐渐地，这沉重的厚墙在他的眼前透明起来。

透过这厚墙，轮子看见一个人在一间没有一丝光亮的屋子中正和自己搏斗。他或疯狂地撕扯捶打自残着自己，或困兽般走来走去，或把自己的头颅拼命地撞在墙上，撞出沉闷的声音。他的全身都伤痕累累，就连心灵都布满了被哀伤和无望电击出的紫色的瘢印。

在这座远离心灵的城市，轮子也是一个孤苦伶仃的人，一个四处游走没有家的人，厚墙内这个人的困境唤起他深深的同情。

轮子隔着厚墙，对他说："朋友，你有什么需要我帮助的吗？"

他听见轮子友善的问询，停止了他来回不停的走动和对自己头发的撕扯，扑了过来，和轮子隔墙相视。轮子看见他的眼睛在最初的一刻闪现出的惊喜的光亮，就像彗星划过仰望者的双眼一样，转瞬，这种像生命一样充满激情的火花就黯淡下来了。

接着，他便低声地向轮子讲述了他的故事。

8

"在我年轻的时候，我受这座繁华之城的引诱，抛弃了我现在已经无法回忆起来的故乡，来到了城中。在这城市的大门口，一个告示说：请把你过去的东西留在门外，这座城市为你准备了一间屋子。这间屋中有一盏太阳般的灯。只要你找到开关，把开关打开，这屋中的灯就会映照你所有的未来。在这盏灯的照耀下，你的未来应有尽有，你的人生尽可以随心所欲。

"在这漆黑得没有一丝光亮的屋中，我没有手电，没有蜡烛，甚至于连一根火柴都没有。

"没有一缕微光，我就找不到开关；

"找不到开关，我就无法打开灯；

"打不开灯，我就没有光明；

"没有光明，我就找不到开关；

"找不到开关，我就无法打开灯……

"我别无选择，更无法改变。我只有向上帝求助祷告。而上帝死了，或者说上帝是一个聋子。对于我，这座城市没有耳朵。而现在，我则只有怒吼！"

9

这笼中狮子般的怒吼像一场飓风袭卷了整个城市麻醉后的兴奋和快乐。

但飓风过后，一脸困倦的太阳照样升起在城市灰蒙蒙的天空中。

第十二章　泪花

1

从北戴河回来，杯子和玻璃的争吵多了，玻璃常常莫名其妙地就发起火来；要不就情绪低落，和杯子在一起半天都不说一句话。而过去，玻璃的嘴贫得要命，是一个话痨。

面对玻璃的吵闹，杯子觉得自己的耐心和好脾气也在消失。

杯子和玻璃从北戴河回来后没两天，就去山西采访了，一去就是十来天。

这十来天，杯子认真地想了他和玻璃现在的关系以及两人可能有的将来。

杯子认为，他和玻璃的将来没有结果，或者说有结果的可能性非常小。这是杯子的理智告诉杯子的看法，但在情感方面，杯子每天都想回到北京，和玻璃在一起。

分别十来天了，从山西返回北京的杯子迫切地想见到玻璃。

还有半小时，火车就到北京了，杯子用手机给玻璃打电话："我晚上九点半到北京，我从车站直接去看你。"

"你别来，我烦着呢。"

"怎么啦？"杯子以为玻璃出什么事了。

171

"不怎么啦。"

"那为什么不让我去看你?"

"不为什么,总之你别来!"玻璃很不耐烦地挂了电话。

杯子知道不是因为玻璃的男朋友回来了,如果是那样,玻璃会告诉杯子。杯子不知道是什么原因玻璃不让他去看她,固执的杯子下了车就奔玻璃的家去了。

到了楼下,背着笔记本电脑和一个棕色旅行包的杯子看见玻璃家中的灯光,松了一口气,看见这扇熟悉的窗户,到外地采访十来天的杯子心中油然而生一种亲切的感觉。

杯子再次给玻璃拨了电话,说:"玻璃,我现在就在你的楼下。"

玻璃大怒:"谁让你来我这里的,我告诉你别来你还来,你这人怎么回事,赶快离开这里回你自己住的地方。"

"我只是想看你一眼,你下楼一趟好吗?"

"不行!"

"那我上楼了。"

"你敢,你要敢上楼敲我的门,我就从楼上跳下去。我说到做到。"

杯子挂了电话,在玻璃的楼下站了十几分钟。玻璃屋中的灯一直亮着,但玻璃却没有到阳台来往楼下看一眼。站在玻璃家中的阳台上,可以看见站在楼下的杯子。过去,每次夜里送玻璃回家,杯子都站在这里,直到看到玻璃家中的灯亮了,玻璃来到阳台向杯子挥一下手,杯子才打的离开。

2

杯子在玻璃的楼下打了的,鬼使神差地来到了电线的楼下。就在给司机钱的时候，杯子都还在犹豫是不是不下车，让司机重新打表，把自己拉回自己在鲁谷的住处。

车开走了，站在黑暗中，杯子拿出手机，杯子想，给电线打一个电话吧，也许她不在家。

自从上次在电线的家与电线不辞而别，杯子再也没有来过这里，杯子甚至记不得电线的家在哪个单元，杯子记得玻璃的家在四楼，门正对着楼梯。杯子和玻璃在一起之后，连电话都很少给电线打了。大多是电线给杯子打电话，说工作上的事，有时候也随便聊聊天。在聚会时，当着电线的面，杯子也装着和玻璃关系一般的样子。

电话响了七八声，杯子正要挂上电话的时候，对方却接了电话。

电线问："喂，哪位？"

"是我，杯子。"

"好久没见你了，你也不给我打电话，以为你消失了呢。"

"你也没给我打电话呀。"

"上回的电话就是我打给你的。"

"你记得倒清楚。"

"当然。对了，你在哪呀？"

杯子迟疑着是不是要告诉电线自己在她的楼下，便答道："我在离你不远的地方。"

"究竟在哪儿？"

"我在你的楼下！"杯子终于说了出来。

"快上来呀，还要我下楼迎接你吗？我冰箱里还有好些瓶科罗娜啤酒呢。"

"我忘了你住哪个单元了。"

"你把我都快忘了吧？二单元，四楼，门正对着楼梯，快上来吧。"

杯子走进二单元的门洞。在杯子的脚步声中，灯一盏盏地亮了。

杯子的心随着自己上楼的脚步开始变快起来。

电线拉开门，站在门口迎接杯子。

杯子看见电线，不由自主地停下了脚步。

电线笑嘻嘻地说："快进来吧。"

杯子进门的时候，电线随手接过了杯子肩上的两个包。

"怎么，出门了?"

"去山西了，还没回家。"

"吃了吗?"

"吃过了，在火车上吃的。"

"那你先进卫生间洗洗，我去厨房切一个柠檬，待会儿我陪你喝啤酒。"电线很讲究，只要喝科罗娜啤酒，她就会在酒吧一样，啤酒中总是要放一片柠檬。

3

不知道为什么，杯子在和玻璃一起时，杯子会有一种非常安静的感觉。当然争吵的时间除外。事实上，除了在杯子和玻璃认识的前两个月，他俩没有争吵外，吵过第一次之后，就总是少不了争吵，而且争吵的间隔时间越来越短。争吵竟然有了某种加速度。

俩人吵过之后，会很快就没事了。

与玻璃相比，其实与大多数丫头相比，电线都可以归于疯丫头之列。但和她在一起，总是很快乐，电线总是善解人意。

电线使杯子想起死了的棋。

也许正是这一点，使杯子不敢碰触电线，不敢碰触他内心里那不能磨灭的伤痕。

棋死之后，杯子从头到尾回想了一遍他和棋的过去，然后就再也不愿去回忆了。杯子对唤起与棋有关的记忆感到恐惧。

也许杯子和玻璃的争吵并不是为了什么是或非，而是杯子和玻璃不由自主地迷恋上了争吵本身，而不管争吵的内容。

玻璃总对杯子说："杯子，你作为男人，为什么不让着我，为什么一个男人要和一个女人斤斤计较？"

杯子的回答是："玻璃，因为你坚持的是一个错误的观点，如果我不告诉你，没有人会告诉你。如果这样，我岂不是害了你！这跟男人和女人没有关系。我怎么不和大街上别的女人吵架？哪怕她说砂锅能捣蒜，鸡公能下蛋，我也不和她吵，因为她和我没有关系。"

"那你说你是真理的化身了？"

"我没这么说，我只是在就事论事。"

玻璃经常会从她和杯子正在争论的一件小事中抽身而出，使用全称判断，把争论引入更广阔的天地中，最后达到争吵的最高境界。

玻璃是固执的，而杯子又是一个爱较真的人——杯子多次痛下决心，企图改变自己的性格，但至今依然故我。

玻璃最不喜欢别人抽烟，还好杯子不抽烟。但杯子喜欢喝酒，什么酒都喝，只要其中有酒精就行，但最爱喝的还是啤酒。按照神经科大夫的说法，平均每周内一个人喝啤酒超过五瓶，喝白酒超过五两，就已经是酒精中毒患者，身体已经有了酒精依赖。据杯子的初略计算，杯子每周平均喝掉啤酒十瓶左右，外加白酒半斤。有一段时间，中午不喝点儿酒，下午杯子的手就会发抖，手臂悬空时更是抖得不能自持。

玻璃发现这一点之后，她要杯子戒酒，当然不是要杯子一点儿不沾，杯子也做不到，但在量上必须严格控制——一天只准喝一次，啤酒不能超过一瓶，白酒不能超过一两，两者不能共饮，但可任选。

酒桌其实就是江湖，人在江湖，身不由己，酒不可能不喝，即使有时自己明知会喝大喝高，也得喝。但自玻璃开始控制杯子的酒量那会儿起，杯子喝酒开始有度。

1

杯子写过一篇东西，说的是喝啤酒的事，名字叫《杯中杨花》。

我是一个喜欢喝啤酒的人，此一嗜好在朋友中还享有"薄名"。

我喜欢喝新鲜扎啤，和朋友们在一起喝不算，觉得不是在喝酒，而是借喝酒说事，或者无聊时的借酒浇愁。我喜欢扎啤的凉、爽和淡，这与听或瓶装啤酒的口味迥然有异；我喜欢一个人独自坐在酒店中，慢慢地喝，这样可以喝出味来，不像成群结伙时的大灌，如饮牛一般。

去年春天的下午，我来到工体北门的"哈瓦那"，在屋外拣了个座，要了啤酒，一边慢慢地喝，一边看不远处的几棵街边的杨树在风中翻动着翠绿的叶子，看傍晚的阳光像一个喝醉的人站不稳脚跟一样在摇动的叶上不能歇脚。

第二杯啤酒喝到一半的时候，当我再次端起杯来，我看见一朵白雪一样的杨花正在我的啤酒杯中漂浮旋转。我甚至不敢再端起杯子来喝酒，我害怕在我倾斜的时候，杨花会沉入酒中。我就那样盯着在琥珀色的酒面上悠然滑翔的如絮杨花——它太小了，只有一粒饱满的大米那么大。

我坐的地方离那几棵杨树还是有一定距离的，我头上的天空中也不见飘扬的杨花，而它却在我毫不知晓之中落脚在了我的啤酒杯中。我想，这其中一定有着我所不知的缘分和天意般的神奇。

过了一会儿，杨花仍然在酒面上漂浮着，我试着轻轻地摇了摇杯子，它也没有沉下去。也许是扎啤太凉了，这比春天低了许多的温度冻僵了杨花的身体，反而不能融化它，浸埋它了。我噘起嘴唇把杨花吹到我的另一面，它像一个冰上芭蕾的高手打着旋转远去了，我这才又端起杯子来徐徐地喝了一口。在喝的时候，我的眼睛使劲上翻着，一直盯着它，担心一不小心它就顺流而下钻进我的嘴里消失得无影无踪。就这样，我慢慢喝完了我这杯扎啤，留了一点酒根，让这云絮般的杨花仍然轻盈地漂浮在酒面上。

戴着古巴草帽的服务生问我，还喝吗？

我的手扶着杯子，说，不喝了。

其实，我原来是想喝三杯的。

我又坐了一会儿，这才起身回家。我把一本书和一本杂志忘在了那里，走了好一截路才想起，便又走回去取。远远地，我的目光就投向了我坐过的那张桌子。那张桌子空在那里，但酒杯已经被服务生收走了。

我抬头向不远处的那几棵杨树望去，夕阳中的杨花纷纷扬扬，使黄昏中的光线变得柔和轻盈起来。

拿了书，我在街上溜溜达达地闲逛，脑子里却回旋着杨花。

　　萨天锡说"雪白杨花扑马头，行人春尽过徐州"，而吴少芸却言"白莲憔悴人寻社，杨花萧条鹊噪村"。韩愈《晚春二首·其一》，说是写的是东晋才女谢道韫的故事："草树知春不久归，百般红紫斗芳菲。杨花榆荚无才思，惟解漫天作雪飞。"杜甫诗中有一句是："杨花雪落覆白苹，青鸟飞去衔红巾。"说是杜甫在此隐指杨国忠兄妹间的乱伦关系，讽刺其荒淫无道，其中的"机关"在北魏那位胡太后所写的《杨白花歌》中，云："秋去春来双燕子，愿衔杨花入窠里。"

　　郁达夫先生也用诗笔写过："细雨成尘催小草，落花如雪锁长堤。"想到先生的身世和他另一句"烟花本是无情物，莫倚筌篌夜半歌"，这样的诗情画意中，竟给我神伤黯然之感。如果这只是像杨花落地一样无声的叹息的话，那曼殊大师的"一杯颜色和双泪，写就梨花付与谁"就令人唏嘘了，从中不禁让我想起他的家国忧思、身世飘零和爱情苦痛。

　　对那偶然飘落在我的啤酒杯中的杨花，我在静夜的书屋中写下了如许的感触——我思绪的滑翔亦像那酒面上的杨花，既是自在的也是不由自主的。我有些疑惑，我是不是也成了一个关注"杯中风波"的作文者——我不得不自惭；但我又想，如果我成了一个对于生活的实在和亲切之中生命的灵魂和诗意毫无感情的人，那我面对电脑大海和天空一样湛蓝的屏幕，我还有什么话需要说出呢？巴乌斯托夫斯基在《金蔷薇》一文的结尾中，借一个老文学家的杂记写道："每一个刹那，每一个偶然投来的字眼和流盼，每一个深邃的或者戏谑的思想，人类心灵的每一个细微的跳动，同样，还有白杨的飞絮，或映在静夜水塘中的一点星光——都是金粉的微粒。"

我关了电脑，关了灯，去厨房的冰箱中拿了一瓶啤酒，尽管屋中空无一人，在这静静的深夜，我仍然尽量小声地把它倒在杯子中，端着走到阳台上。夜空中的星光在一个个正在熄灭的白色泡沫中闪烁，然后便静静地倒映在了芳香的酒液之中了。

这篇东西写完之后，杯子并没有像通常那样马上把它发给在报社做编辑的朋友换银子，它也就静静在待在杯子的文件夹中无声无息。那天，玻璃到杯子居处，打开电脑看到了它，坐在电脑前好久都没有动。杯子走过去从身后抱住玻璃，她回过头来，在杯子的脸上亲了一下说："杯子，我都不想让你戒酒了。"

那时候，杯子控制喝酒刚刚一个月。

这样子的玻璃使杯子有此愿足矣的幸福感。

5

电线则从不管不问杯子喝酒的事，即使杯子喝醉了，她也不劝杯子少喝，但她会陪着喝醉了的杯子，或者把杯子送回杯子的家。

电线从冰箱里拿出两瓶科罗娜啤酒，把两片柠檬塞进瓶口，递了一瓶给杯子。

杯子坐在沙发上，电线则坐在地毯上的一个圆垫上，两人碰了瓶子，仰头喝了一口。

细小的气泡从柠檬片中吐出来，笔直地升上酒面。

电线知道杯子肯定出了什么事，要不杯子不会离开北京去山西十来天，一回来却来找自己，而且事前一个电话也没打。

杯子有些闷闷不乐，但却装着没事的样子，眼睛有时候还不由自主地出神。

聪明的电线一句也没问杯子找她有什么事，两人一边喝酒，一边说一些关于山西的事，譬如平遥古城、太原一家接一家的歌舞厅。

"杯子，到了太原，没有到风月场所去视察视察？"电线歪着头，很俏皮地望着杯子问道。

"去了，也算是考察中国底层妇女生存状况嘛。"

"说得好听，还不是想拈花惹草。"

"真不是，人在江湖，身不由己，逢场作戏难免。"

"你们男人哪，做坏事总是用'人在江湖，身不由己'来为自己开脱，怎么就不能好汉做事好汉当呢？"

"真没有在那样的地方做过那种事，有心理障碍。"

"这话我有点儿信。"

"其实人家真是真心欢迎每一位客人，背井离乡的，到了那样的地方打那样的工，图的不就是挣钱？你到了那样的地方，你真是不花钱不是，花钱也不是。"

"有这样道德折磨的男人有几个？你就不能不去这种地方？"

"是啊，下次再也不去了。"

杯子和电线就这么一边东拉西扯一边喝啤酒，冰箱里的十瓶啤酒喝完的时候，已经是夜里三点多了。

"天不早了，洗洗睡吧。"

说完，电线站了起来，身体有些发飘，一下踢倒了地毯上的两个空啤酒瓶。杯子要扶电线，电线一抬胳膊，挣脱了，说："没事儿的。"

电线打开壁橱，拿出自己的睡衣，去了卫生间。

卫生间里传来哗哗哗的水声。水声中的杯子，显得有些心神不宁。

电线从卫生间里出来，一边走一边用浴巾擦着湿漉漉的头。

电线穿着淡蓝色的连衣轻纱睡衣，因为屋子里开着空调，刚洗过热水浴的她身体向外飘散着淡淡的水汽，身体的曲线在睡衣中若隐若现。

电线再次打开壁橱，拿出一套还没有拆过包装的男式短袖睡衣，扔给杯子，说："一路上坐车，洗洗吧。"

莲蓬头喷出的水流打在杯子的脸上和身上，杯子想平息自己的情绪，却难以做到，杯子看见自己的身体在哗哗的水流中勃起了。

杯子擦去身体上的水珠，拿起睡衣的时候，闻见了新睡衣中散发的棉花的味道。

6

电线已经躺下，床头上淡紫的灯光罩着她侧卧着的弯曲的身体，罩着她身下的大床，像是一个梦。

杯子迟疑了一下，本想睡在沙发上，看见电线睡在大床的里侧，外侧留了好大的位置，还是走过去躺在了电线的身边。

杯子关了灯，有些紧张，身体也有些发僵，几乎是动也不敢动。就那么躺了有三四分钟，电线的手拉住了杯子的手。杯子翻身抱住

181

了电线，两人的嘴唇在急迫的寻找中迅速地碰触到了一起。

两人的舌头在两人共同的口腔中搏斗，吮吸甜美。

睡衣成了身体的障碍，杯子和电线一边亲吻一边为对方脱去衣裳。

电线的身体散发着花露的芳香，有着蜜液一样甜美的味道。

而杯子的身体却有着纯冽的酒的魔力，有着迷药一样的气息。杯子和电线的嘴唇吻过对方的每一寸肌肤，在最迷人的地方盘桓回旋。

"我要，杯子，我要……"电线忍不住地低吟，她觉得自己的身体鼓胀得要绽开了。

杯子把自己插入电线的身体，插入电线最空虚最渴望的处所……电线和杯子俩人都用尽全力一次一次地掀起自己和对方身体的波浪，像大海涨潮那样不停息的波浪。

电线感到自己的身体像气垫船一样悬浮飘起在空中，充满力量，怀揣着一股奔腾喷涌的炽热岩浆，猛烈地吞噬着一切，如仙一般美妙，像是在一个梦幻的世界，声音遥远，时间停滞了，大脑在那一刻没有氧气，短暂地死亡过去，一种无法抑制的狂喜使她大声地叫出声来……

在那一瞬，杯子再也无法遏制，一股像电流一样的物质从杯子的尾骨顺着脊椎直达后脑，身体挺直起来，在电线身体的深处，把到达生命之巅的情欲喷射出来。

几秒钟过去，电线的知觉开始恢复，她感到温暖，先是被杯子紧抱着的骨盆，然后遍及全身。

杯子和电线相拥着睡了过去，屋子里响着一粗一轻的呼吸，像是两个声部的重唱。

天开始变亮，透过窗帘的光线在两人的身体上纹出淡淡影子。

7

睡到午前，杯子醒了。

电线的头埋在杯子的怀里，身体像一只小猫一样蜷缩着。杯子没有动，杯子不知道电线是不是和自己一样已经醒了。杯子再次闭上眼睛的时候，却感觉到了电线在怀里醒了。

电线在杯子的怀里眨了眨眼，她睁开或闭上眼睛时，她的眼睫毛把杯子的胸膛弄得发痒。

电线的嘴唇在杯子的胸膛上移动着，然后停在杯子的乳头上，用牙齿轻轻地啃咬它。

杯子的手沿着电线光滑的脊梁向下移动，越过股沟，到达电线潮湿的缝隙中。

两人再次疯狂地结合在一起，就像是要通过对彼此的征服，摇动两人身在的房间，摇动整幢楼。

最后，在最高的峰峦上，两人像大地震中的连体建筑，相向坍塌，相互倒在了对方的怀中。

两人平息下来，身上的细汗渐渐凉了，电线望着杯子，说："杯子，我要嫁人了。"

杯子的身体一抖，然后装着没事的样子，拉了毛巾被，盖住两人的身体。

"你爱他吗?"杯子问。

电线没有回答杯子的话，只是顾自说着那个杯子并不认识的男人，说着和那个男人的关系。

"我们是大学同学，他是我的初恋情人，但他却娶了别的女人做妻子。于是，我离开他，离开广东来到了北京。我想忘掉他，可很难，现在他离婚了，一个人过。他来北京找我，我们又生活工作在了同一个城市。"

杯子拍了拍电线的后背，说："如果他真的爱你，就嫁给他吧。"

"他说他爱我。"

8

电线靠在门框上，看着杯子背着笔记本电脑和一个旅行包，一步一步向楼下走去。杯子感到自己的双腿软弱无力，一步步就像踩在虚空里，踩在棉花上。他努力稳住自己的身体不要跌倒。

午后的阳光明亮得刺眼，从楼洞中走到阳光地带，杯子拿出一副太阳镜戴上。

只有杯子知道，自己的眼中含着一颗泪珠，悬而未绝。

第十三章　水音

1

早晨大巴起床的时候，对灯儿说谁今天上午要来，叫她在家等着。当时灯儿睡得迷迷糊糊的，也没听清究竟是谁要来，好像这个将到灯儿家的人是灯儿和大巴共同的朋友。灯儿想，在家等着就是了。其实也无所谓等不等的，灯儿一嫁给大巴，哪天又不是待在家无所事事地混日子呢，一转眼就快两个月了。

上大学的时候，当灯儿充满青春活力的浪漫之梦突然受到校长和父母老谋深算的阴谋阻挠时，灯儿的浪漫之梦就彻底地破灭了。大巴以现实的力量和稳健的行动把灯儿拖进了他的怀抱，或者说，灯儿不由自主地投入了大巴的怀抱。

大学一毕业，灯儿和大巴就去了上海，去到那座楼房的生长快得永远使人感到自己是外来的陌生人的城市，第二年就结了婚。

年初，大巴以他过去所在的那家上海房地产公司副总和北京分公司老总的身份来到北京，全面负责该公司进军北京的房地产开发业务，灯儿也就辞了工作，跟着大巴来到北京，做一个全职太太。

灯儿从床上支起身体，打了一个悠久的哈欠，又大大地伸了一个懒腰，这才很不情愿地挪下床来。灯儿一摁窗帘的电钮，窗帘便自动拉开了。这片位于北京北城的豪华公寓区，虽不像市区那样拥挤和嘈杂，但一些善于寻找机会和地点做生意的人，仍然在这片公寓区中，占领了公寓区外的那条大街，酒吧、卡拉OK、歌舞厅、咖啡厅以及各种各样的真伪精品屋挤满了街的两边。一打开窗帘，灯儿的目光总是不由自主地投向那边那间名之为"云之声"的娱乐城。前不久，灯儿从娱乐城的门口走过，灯儿听见了那首曾经在灯儿大学校园中风靡一时的歌——《水音》：

水音起自无语的山石

如雪的碎光漂满水音

我坐在水上的石头望月

不知何更星辰移空

不知磬声在夜色中淡而久远

只知和衣而卧的人

其酒冷而又热　热而又冷

而水音而月影以水为琴

夜夜轻诉

我却是一个哑者

此时此刻涕泪横流

而又无歌相随

灯儿不由自主地停下了脚步，心里怦然一动。七年了，那个给过灯儿爱情的灯儿的初恋、这首歌的词曲作者草垛，他在哪儿？

灯儿从小就弹钢琴，对于歌曲和声线很敏感。

灯儿走进歌厅，是一个二十来岁的年轻人在唱《水音》。

灯儿找了一张桌子坐了下来。当歌手唱完后，灯儿让小姐送一束花给歌手，并让小姐转告歌手，请他到这里来一下。

歌手很快就来到了灯儿身边，灯儿让他坐下，问他是怎么学会这首歌的。他说，这首歌是他姐姐的大学校园歌曲，姐姐回家总唱，他就学会了。自己当了歌手，就找人配了乐器，在歌厅里唱，虽然喜欢的人不多，但他还是很喜欢。他叫马路。

总之灯儿没什么事，在家也闷得慌，除了和杯子、轮子聚会，无所事事。杯子给灯儿出的主意是，没事就写点儿东西吧。灯儿在学校时，是女生中文笔最好的一个。

灯儿偶尔到云之声去听马路唱歌，只要灯儿去，马路都要唱《水音》。马路不上台，灯儿和马路就坐在一起说话。其实马路一点儿也不像草垛。草垛的内心是那样的敏感和纤细，但外表却又是那样的随便自然，甚至不修边幅。而马路却很会打扮自己，一身的名牌，虽有不算低的音乐素养，但总觉得形式主义的多。

3

虽已立秋，但阳光仍然热辣辣的。阳光被有些异味的风吹动着，金灿灿地在楼群夹峙的楼间弥散。

对面楼上也不时有人拉开窗帘，推开窗户。在窗户打开的时候，明晃晃的阳光就像闪电、像节日的激光束一样从玻璃上反射出来，掠过瓦蓝的天空。

在灯儿对面左侧的楼中，有一个敞着睡袍、露出乳罩的女人站在阳台上，把头伸出窗外，捏着鼻子在那里非常痛苦地折磨空气。

灯儿走进洗漱室，刷她永远洁净如玉的牙齿。灯儿的牙齿是灯儿的骄傲，不管是大巴还是草垛，在他们无话可说的时候，他们就情不自禁地赞美灯儿的牙齿。当然这都是恋爱时代的事了。灯儿甚至记得自己的初吻。草垛灵巧的舌头在灯儿因羞涩而迟迟未启开的牙齿上来回滑动的感觉解除了灯儿的羞涩，两人湿润的舌头像两条交颈抚爱的蛇，纠缠在了一起。草垛对灯儿牙齿的第一次赞美便是灯儿初吻之后那一小会儿平静的时刻。

草垛说："你的牙齿就像细洁静润的瓷。也许今后，我一端起饭碗，就会想起你的牙齿和嘴唇。"

如果当初不是父母的阻挠，灯儿跟随草垛走了，灯儿不知道自己现在在哪里、在干什么。草垛一去便音信杳无。有时灯儿想，草垛不等灯儿归去，连灯儿的送行都不愿意接受，就此毁掉了灯儿这一辈子也无法找回来的人生的珍贵部分，灯儿不知道自己是受害者呢还是从悬崖边回到安全实地的幸运者。

充满浪漫和诗意、不修边幅、一脸大胡子的草垛因在校园里大力宣扬他的"民谣运动"，对自己的哲学专业却心不在焉，要求转系，被校方拒绝，加之他创作的那些民谣与当时的时代和传媒上的导向背道而驰，他终于被"劝退"了。那时，灯儿正在外地的一个小县城调查（其实就是细致地观光）和翻看有着刺鼻尘埃味道的旧县志。现在想起那些旧县志来，灯儿的两个鼻孔都直发痒，忍不住会打喷嚏。

因为那个小县城，出了20世纪中国首屈一指的哲学家，所以灯儿便心血来潮地一人孤行了。灯儿拟了一个带有妄想狂的研究课题——《中国百年来大哲学家和其故乡人文之关系》。走的其实就是"存在决定意识"理论的老路子，因为这样的论文才不会给导师出难题。许多导师都曾对灯儿说过，标新立异很容易，难的是扎扎实实的基础功力。这句话几乎成了导师们的口头禅。

4

灯儿至今不知道草垛是如何知道灯儿旅居的客店的，他那一手龙飞凤舞得不免有些潦草的信找到了灯儿，信很短，他说他已经被学校开除，几月几日将离开学校，也许两人再也不会见面了。灯儿把草垛的信塞进衣袋，一边流着泪，一边收拾散在店舍中简单却又乱七八糟的女孩子物什，毫不犹豫地要在草垛离开学校之前赶回去。

灯儿终于赶在草垛离校之前见到了草垛。

在草垛那总是飘着臭运动鞋和七张床铺散发出的烂苹果气味的宿舍，灯儿的嗅觉第一次也是最后一次没有了敏感的感觉。灯儿在草垛的怀中哭泣的时候，非常明显地感到草垛拥抱着自己的双臂不像往日那样充满激情、那样有力，而像是挂在衣橱中睡衣的带子，松松垮垮的。

灯儿找到了校长，妄图说服他收回他的成命，甚至以自己将退学来相要挟，也没有成功。校长是灯儿父亲的同学，却比灯儿父亲飞黄腾达得多。如果灯儿在他手下退了学，他是不好向灯儿父亲交代的。从他吞吞吐吐而又绝不更改其决定的样子，灯儿知道对草垛的处理实在已经是一个无可挽回的事实。

即便如此，灯儿还是发起了为草垛不被学校除名的签名运动。

191

灯儿不知道这是爱情的力量，还是正义、真理的力量，灯儿竟不管不顾地投入到了这场运动之中，在操场、饭厅、宿舍中四处游说。灯儿发誓要为草垛争取到全校学生百分之五十以上的签名，但在灯儿的指尖快要触摸到这个目标的时候，被老谋深算的校长和灯儿以独善其身为人生信条的父母集体欺骗了，使灯儿不仅失去了爱情，而且连草垛也失去了。草垛和灯儿不辞而别，从此没有了消息。

5

灯儿收到了来自父亲的电报，父亲在电报上说，母亲病危，请速归。

灯儿根本没有想到这是一个骗局，灯儿把主持的"签名运动"匆匆地交给另一个草垛的好友大巴，就往家里赶。母亲确实住院了，但根本没有什么生命危险，只不过是她一到秋凉老毛病就会犯的哮喘病而已。面对哮喘得呼吸有些困难的母亲，灯儿仍然未想到这是校长和父母亲用电话商量好的阴谋。灯儿只是对父母亲在草垛最需要她的时候，因这样的区区小事分散她的精力大为光火。灯儿强忍下心中的怒气，再次疲惫不堪地踏上回校的旅途。在昏昏欲睡的旅途，灯儿突然有一种预感：已经晚了，草垛已经走了。草垛带着灯儿的初恋已经一去不复返了。

秋日里金色的阳光从车窗口射进来，照在灯儿缓缓爬过两行泪水的苍白的脸上。在灯儿泪水模糊的眼中，田野里枯黄的稻草垛和绿色的甘蔗林像是电影中不真实的无声风景，一时使灯儿有一种不知今夕何夕的感觉，有一种回到默片时代的感觉。事实上，在那几分钟的时间内，火车行进的巨响和车上嘈杂的人声都消失了，灯儿

192

丢掉了她热爱音乐的听觉。

草垛就这样走了，带走了灯儿的爱情。后来，每当灯儿想起草垛的时候，都有一种梦幻般的惚恍，灯儿和草垛的相爱就好像是灯儿前世的经历。灯儿问过草垛所有的好友和同学，他们和灯儿一样，他们对草垛老家的具体情况一无所知。据说，草垛是在他姑姑家长大的，背着吉他离开学校的草垛不再回到他姑姑身边。

现在，灯儿远离父母，在时空和想象中更加远离了草垛，也就是说，灯儿远离了那曾经有过的青春浪漫、激情中的爱恋和生命中最脆弱的诗意的部分。

6

刚才还隐隐约约响着的《水音》的音乐消失了，抬起头的时候，灯儿看见了面对着的洗漱镜中的自己，蓬乱的头发，白皙细致的皮肤，但却泛着睡眠过盛的倦态，眼睛中透着的是懒散的神情。

当灯儿从盛开着泡沫的嘴里抽出柔软的牙刷时，才发现用的是大巴的牙刷，这柄牙刷的闯入使灯儿的牙龈沁出了从未出现过的血液。看着牙刷上红色的泡沫，灯儿的心里一阵不舒服，随手便把这无理的"闯入者"扔进了垃圾箱中。

洗漱梳理完毕之后，灯儿穿好衣服，坐到餐厅的椭圆形桌前吃自己快到中午的早餐。灯儿敢肯定，就是在吃早餐的这十来分钟时间内，楼外喧闹的市声停止了，或者说灯儿的听力停止了。在这之前，灯儿清楚地记得在自己兑牛奶的时候，有一个唐山口音的女人在街上高声大嗓地惊呼丢了钱包。

而现在，却一点儿声音的影子都找不到了，屋里屋外都安静如乡村无狗的子夜。灯儿十分不解地从饭桌旁站起来，走到窗前，想找到这突然寂静的原因。

灯儿看见，街上的人流仍然熙来攘往，小车、中巴和一辆辆头上顶着的士标志的的士相间杂，不慌不忙地驶过大街。那个刚才丢了钱包的乡下女人正跟着一个穿制服的警察越走越远。那边街口有一个像是聋子耳朵一样的分贝指示器，其上的电子数码在五十至六十之间跳跃着，其情景与平时并无二致。

灯儿坐回客厅的沙发，突然想起七年前那次从家里往学校赶的旅途上的突然失聪。这肯定是潜藏在灯儿身上的一种病，但灯儿现在却无法知道它的名字，就像灯儿无法知道今天谁将来到家和她相聚或者相识一样。

7

灯儿觉得自己已经是一个身体残缺而有病的人了，这个病来自于七年前那无望的追赶。

灯儿想自己应该去看医生，但又怕自己这样子会突然昏倒在大街上，或者因听力的失去而和街上的汽车相撞。灯儿闭上眼睛想了三分钟，拿起了身旁的电话，拨了大巴的号码，但却不知道大巴是否接了电话，因为灯儿无法听到对方的声音。

当灯儿想再拨大巴手机的号码时，迟疑了一下，放下了电话。如果大巴在和他的客户谈事的时候，他的手机总是关着的，即使没有关上，他也不会接。在大大小小的客户面前，大巴总是一副十分尊重他人的样子；何况，他今天早晨告诉过灯儿，今天谁上午要来家里。眼看到中午了，总不好让来人扑个空。

灯儿看了看墙上的挂钟，已经十点四十五了。

灯儿开始烦躁不安起来。这个来访的人为什么现在还不来呢？大巴并没有让灯儿准备客人的午餐，到了中午，客人来了，总不好撵人家走吧。灯儿站起来，打开冰箱。冰箱里除了几听快食罐头外，再没有其他的菜蔬和肉食。灯儿不免沮丧起来。

灯儿再次坐回柔软的沙发上妄图停息自己的烦躁和不安。一旦灯儿闭上眼睛，就会忍不住去想今天的来访者和自己古怪的病。灯儿翻出了自己的通讯录，认认真真地仔细研究。灯儿试图通过通讯录来猜测出今天的来访者——这个令她烦恼的不速之客。

灯儿在通讯录中也没有搜寻到这个即将莅临的来访者。这个无法具象的人正在向毫不知情的灯儿走来，或者就站在灯儿看不见的地方，恶作剧地看着灯儿烦躁不安、万分沮丧的样子。

灯儿的头越发的既晕又痛，心里直想呕吐，好不容易才忍住，歪歪斜斜地晃进了洗漱室。灯儿拧开水龙头，清凉的水如一股山泉在她发麻的头皮上溅出晶莹的水花。

8

灯儿居然听见了那一声清脆的门铃。在清脆的门铃响起的同时，灯儿突然恢复了听觉，头晕恶心的症状也悄然消失了不少。灯儿想当然地认为这铃声一定是等待的不速之客揿响的。站在大镜子前，灯儿急急忙忙地整理了不整的衣衫和湿漉漉的头发，然后才出来开门。一看到来人那一身茉莉绿的邮服，灯儿不免就有些泄气，神情恍惚地在邮递员指定的位置上签了字。

灯儿从厨房里找了一柄水果刀，挑开包裹上的绳子和包裹得很好的牛皮纸——是一本笔记本，方方的，大三十二开，古铜色的绸面，翻开封面，上面写着"草垛"两个大字。

是草垛！是草垛的笔记！

当灯儿看到"草垛"这两个字时，她心里如此激动地喊了出来。这个在七年前突然消失了的人现在想到了用他的笔记来向灯儿陈述他的故事，来填补灯儿无聊时对于他的想象的空白。灯儿仔细地翻找了笔记，却没有找到草垛的地址。邮寄的牛皮纸纸包上写着的地址是灯儿和草垛在一个暑期一起到过的一座山的名字。

9

灯儿从睡梦中醒来，灯儿听见草垛的吉他声像一缕山涧细弱的水音飘进了两人寄居的山民的草屋之中。灯儿翻身下床，穿着白色如雾的睡裙就跑出了屋子。

这是草垛第一次哼唱他创作的《水音》。灯儿不知道在隔壁的屋子中，他是几点上床睡觉的。在昏黄的油灯下，他完成了《水音》的初稿。后来几经修改，才成为现在云之声演奏的样子。

灯儿知道自己不应该在这个时候去到草垛的身边，去分散他对音乐的细致感受。灯儿就站在屋前的山崖边，望着坐在那边棕榈树下石头上的草垛，倾听这如水的音乐把她的身心漫浸得柔软和湿润起来。

白色的晨雾在山间漫卷着，翠绿的针叶林在习习的风中响着江南细雨一样沙沙的声音，鸟儿在山谷间飞翔，或者站在树上。它们婉转的鸣唱让人想起晶莹的水晶和晴朗夜空中闪烁的星星。如果它们明亮清澈的眼睛和它们的鸣唱能够通过人的眼睛看见，那天空中将飞翔着怎样美妙绝伦的线条。

草垛演奏完《水音》，抬头看见了灯儿，他把吉他挎在肩上向灯儿走来。在逆向的晨光中，他长长的头发和胡须呈现出金色的轮廓；他的双肩不时会碰撞到山道两侧的棕榈叶，叶上晶亮的露珠就落在他的身上。在逆光之中，夏日里深绿的棕榈叶竟被晨光照得透明起来，呈现出像嫩绿的玉的色泽；而灯儿轻薄的睡裙则被清凉的风裹在身上，身体优美的曲线在草垛的眼中展露无遗。

草垛在邮寄纸包上写着的地址便是诞生了《水音》、诞生了灯儿和草垛生命中那个美丽的早晨的山的名字。

10

那个夏天，除了《水音》，草垛还写了一首献给灯儿的情诗。这首诗的名字叫《午后的短章》，至今灯儿都还可以背诵。

> 你白色的长裙白色的束发带
>
> 还有黑衫中如雪的背心
>
> 使我想起故乡的栀子花
>
> 其实你是蓝色星空中的一弯新月
>
> 你走过云朵的身影
>
> 有着夏日栀子花的芳香
>
> 有着细白而游动着青花瓷器的光晕
>
> 夜晚，我回家
>
> 或者临睡前走上阳台

或者从梦中醒来拉开窗帘

每天每晚，我都要沐浴

这永世照耀了我内心的月亮

月亮中有你啊

爱就这样来临

你让我从此有了抒情的梦想

现在，是夏日阳光灿烂的午后

我却幻想在你的芳香中

沐浴着你流转的眼波

就像夜里沐浴着月亮的清辉

沉入有着原野和花朵的梦境

请你原谅我这不切实际的白日幻想

不是你，也不是我，是爱

使我变得如此痴迷

11

灯儿努力平息着自己内心的激动，坐到沙发上开始一页一页地读草垛的笔记。

灯儿想这本笔记是草垛作为一个行吟的民谣诗人和作曲家的收获。从字迹、记谱、民谣词句的准确和结构的完整性来看，这显然不是草垛随兴的笔记，而倒是像经过他整理后的基本定稿。

草垛笔记上的民谣一些是他自己创作的，另一些则是他采风所获。不管是他创作还是他采风所获的民谣，其实都带有草垛唯美主义的风格。草垛从本质上讲他根本不是一个"采诗之官"，所以他搜集的民谣就无法使"王者所以观风俗，知得失，自考证"了。

灯儿想象得出大胡子草垛躲开这个喧闹的世界，在乡村中游走的样子：裤腿上溅满泥点，脸上汗水涔涔，头上有些潦草的长发间向上冒着一缕缕热汗的雾气，一个人在山道乡村中竖着耳朵四处行走，不时停下来，掏出怀里的本子，记下他感兴趣的民谣或者民歌的旋律。灯儿甚至想象得出疲倦的他放下背上的沉重的背包，跪在地上，躬下高大的身体像牛一样渴饮清凉山泉的样子。

草垛这个理想主义的倔强浪子总是把自己的脚迈向这个时代不屑一顾的地方。他好像一个喜欢赌气的孩子，把目光固执地投向一边，妄想以此来伤害这个向着工商时代迈进的社会良心。如果是这样的话，草垛就大错特错了。

在民谣和旋律的笔记中，草垛还记有他对各地民风民俗的感受以及一些简短的风物、山水描述，在一些文字和歌谱的空白处，他还画着一些插图。这些插图很怪，像是各地乡人用来镇妖避邪的符咒和崇拜的图腾。

在灯儿一页一页平心静气地翻看草垛的笔记的时候，头晕头痛和胸闷竟然都不知不觉地消失了。

12

在这本笔记的最后两页，草垛记载了一起死亡事故。这与整本日记的内容极不协调，使灯儿一时有些莫名其妙。笔记如下：

两个孩子就这样死去了。在死亡以飞翔的速度逼近他们的时候，他们还在老师的带领下高声朗读"锄禾日当午"。

而昨天下午，我还在小小操场的旗杆下教他们唱："长亭外，古道边，芳草碧连天……"但现在他们小小的身体却被掩埋在这山中古道旁的山上。两个小小的坟茔也许在来年的春天就将会被连天的芳草所掩埋。

我已经是第三次来到这座山里。每次到这山里来，我都借宿在这所小学，我甚至已经熟悉这里的土语方言。我知道这两个孩子的名字，男孩叫忠，女孩叫梅。

因为他们祖祖辈辈生活的这座大山的神奇和美丽，所以一条公路就从他们学校的头上向山里开凿了，那辆载着水泥的日本大卡车就在他们的头上跑掉了那个黑色巨大的轮子。这恶魔般的轮子像是天降的魔鬼，穿过薄薄的屋脊，砸在了忠和梅的身上。

当忠和梅倒在血泊中时，忠和梅的手上还紧紧握着他们包着封皮的课本。

后来，他们手中的课本给了另外两个把课本弄丢了的孩子。忠和梅的头下枕着的仅仅是两个砖头。

13

读完这最后沉重的两页，灯儿合上了草垛的笔记本。那轮子在天空中呼啸的声音在灯儿的耳畔不停地怪叫着，灯儿一时分不清这是自己的幻听呢，还是窗外正在发生的事实。灯儿站起来，向着临街的窗台走去，看见了楼下的车祸。

车子停在街的中间。肇事车是一辆卧车，长长的黑色车身在阳光之中闪着冷冷的光泽。灯儿知道它的名字，过去人们叫它"克拉克"，活着的蒋介石先生就曾有一辆这个牌子的座车，而现在它在爱车族的嘴边则被叫着"凯迪拉克"。即使你的手轻轻地抚摸它一下，闪亮的车身上都会清晰地留下你的指印，而你即使在春暖花开的季节对着它哈一口热气，被车身所阻止的热气也会迅速地凝析成细小的水珠，它的光洁可想而知。

灯儿关于小车的知识来自于大巴。大巴从不把卧车叫作小轿车，因为在他看来这个名字带有男人辫子和女人小足的气息。

肇事车的车头前只露着一只胳膊，看不清楚穿着什么衣服。胳膊旁边是一个褐色皮套，像网球拍套子那样的形状，但又比网球拍大许多。血正从车轮下流出来，形成一个血滩，并越来越大。人们在肇事点很快就形成了一个圈子，还有许多不明真相的人在加大这个圈子。交通已经堵塞，有两个交警正从南边疾步跑过来。

14

大巴中午回来很迟，都快两点了，他摁了好一会儿门铃，灯儿才从一上午的恍惚中回过神来，一脸大梦初醒的样子，急急忙忙地跑去给大巴开门。进了屋，大巴把皮包递给灯儿，一边走进洗漱室小便，一边对灯儿说："快点弄点儿快食的，我下午还有两家建筑商要见面。"

灯儿说："怎么回来这么晚？"

大巴的脸便有些暗淡，坐在饭桌前，长长地吁了一口气，才说：

"草垛出事了。"

就是这时候，灯儿还没有把楼下的事故和草垛联系起来。

灯儿问他："草垛出了什么事？"

大巴又叹了一口气才说："我上午刚开完董事会，交通队就从医院打来了电话，说是有一个外地人叫草垛的在街上遇车祸，还没送到医院就死了。他的身上有我的电话和我们家的地址，所以他们就给我打了电话。

"快到我们家的时候，倒霉的草垛遇到了一辆凯迪拉克。据目击者说，草垛一手拿着一张纸条，顺着街边东张西望地走着。当他抬头看见我们家这幢楼房的时候，他就过街向我们这幢楼走来。司机今天因为塞车，接他的上司时晚了一会儿，他的上司便大光其火，要炒他的鱿鱼，所以他一边开车就一边想着跳槽的事，没有注意到抬头看楼过街的草垛，一下就把草垛卷进了车轮。"

大巴手里拿着筷子，却没有夹一次菜，接着说："七年多了没有草垛的消息，他昨天却把电话打到了我公司的办公室中，说是想看看你和我。我对他说，我今天上午要开董事会，无法在家等他。让他到家里和你先见面，中午我一定赶回家，一起到街上的餐厅吃中午饭。晚上再叫上杯子和轮子，我们五个聚聚，叙叙旧。他说，好吧，他有我们家的地址，就是不知道怎么走，我就在电话里告诉了他。刚才我的车经过楼下时，我还看见草垛的血快被过往的车轮沾干净了。现在，杯子和轮子在守着草垛。"

灯儿和大巴都长长地叹了一口气，随之泪水就从灯儿发红的眼圈中流了下来。灯儿起身把草垛的笔记本拿来递给他说："这是草垛寄来的，里面写了一件一个跑掉的大车轮砸死两个上课小孩的事。我刚看完草垛写的这件事，草垛就在楼下遇了车祸。这件事记在笔记本的最后两页上。"

"是吗?"他的眼睛和嘴巴都因惊讶变得老大,"昨天草垛在电话上说,他这些年写了些歌,主要是民谣,想让你看看,所以提前寄给了你。他告诉了我他所住旅店的电话。"

不知道为什么,就是邮递员送来草垛的笔记本时,灯儿也没有想到要来自己家的人是草垛。

大巴开车,灯儿坐在前座上,怀里抱着草垛的骨灰盒,杯子和轮子坐在后座上。在给草垛送葬的路上,车上一直放着草垛的歌——《水音》。

草垛的骨灰,被安葬在了长城边的公墓中。

草垛身背的吉他在车祸中几乎粉碎,但灯儿还是请人细心地把它拼粘起来了。即使其上的弦不断,它也不能弹拨出美妙的声音了。灯儿把草垛的吉他挂在自己家的墙上,每当灯儿打开窗户,风吹进吉他的共鸣箱,吉他便发出破哑的嗡嗡声,几根断了的弦在风中轻轻地晃着,夜深人静的时候,也会发出金属丝的咝鸣,使灯儿的心尖有些难以安静的颤抖。

第十四章 黯然

1

　　有一个来月，杯子都没有给玻璃打电话了，玻璃也没有打来。想到玻璃曾对杯子说："你要一个星期不给我打电话，你就再也找不到我了。"杯子不禁有些默然。

　　有时候，杯子想给电线打电话，又不知道该说什么，所以也没打。电线倒是打过来一个电话，但在电话中，两人都知道对方是谁的时候，好像都突然失语了，没了话说。

　　电线没话找话地问杯子："你好吗？"

　　"还好。你呢？"

　　"No problem。那我挂了，有事再打电话吧。"

　　除了去报社上班，杯子无所事事，杯子甚至晚上也不出去和喇叭、轮子他们喝酒泡吧了。对此，喇叭开玩笑说："杯子，你丫是不是金屋藏娇了？"

　　已经快十点了，电话吵醒了还躺在床上昏睡的杯子。电话是电线打来的。

　　"杯子，玻璃生病了，你知道吗？"

　　一听玻璃生病了，杯子一激灵，坐了起来，浑浑噩噩的大脑一下清醒了。

"不知道。什么病呀，严重吗?"

"应该说比较严重吧。是玻璃的旧伤。她五六年前出过一次车祸，颈椎损伤，当时她在打工，工资不高，在医院没有治彻底就出院了，所以一两年就会复发一次。复发的时候，头不能转动，不能点头和仰头，腰也特别胀痛，脖颈和身体因损伤的颈椎而僵梗在一起，稍微一动就疼痛难忍，而且会加重病情。"

"住院了吗?"

"没有住院，住院也没用。我前一段时间正好认识一个老教授，他在西医中医方面都是专家，现在退休了，我陪玻璃找了他。玻璃每天下午四点半去他家，他给玻璃推拿按摩。老先生说，十天一个疗程，到时候可能就康复了。"

"哦，我好久都没有跟玻璃联络了。今天我们一起去看看玻璃吧。"

"你自己去看看她吧，我这两天事儿特多，要不我就守在玻璃身边了。"

一搁下电话，杯子从床上蹿起来，三下两下洗漱了，去超市买了玻璃喜欢喝的大湖牌西柚汁和一些水果，打车就到了玻璃家。

在楼下，杯子给玻璃拨电话。

"玻璃，我现在在楼下，听电线说你生病了，我来看你。"

"我没事，过两天就好了。"

"我上楼看看你好吗?"

隔了好一会儿，玻璃才说:"好吧。"

2

　　杯子上楼，玻璃家的门是虚掩着的，杯子推门走了进去。玻璃坐在高靠背的老板椅上，听见杯子进屋，玻璃就把椅子转向杯子，但她的头不能动。过去杯子问过玻璃，干吗买这么一张占地方、大而无当的老板椅，当时玻璃反说，在家自己给自己当老板不行啊？现在，杯子终于知道，玻璃给自己买这么一张老板椅的真正用意了。

　　杯子走到玻璃身边，说："你别动，你要什么，我帮你。"

　　玻璃闭上了眼睛，她不想把自己如此病弱无助的一面展现在杯子面前。泪水顺着玻璃的眼睑流到了脸上。

　　杯子拿了面巾纸，轻轻地拭去玻璃脸上的泪水，说："玻璃，别担心，有我呢。"

　　杯子剥了一个美国新奇士橙子，用牙签叉了，一瓣一瓣地喂给玻璃。

　　"听电线说，她给你找了一个兼修中西医的老教授做按摩。"

　　"嗯，做了两天了。"

　　"有效果吗？"

　　"我觉得有效果，现在我的颈部已经可以轻微地摇动和俯仰了。这位老教授挺有名的，现在他退休了，仍然有好多病人找他，所以定好的时间要准时去，要不就和别人的医治时间冲突了。老先生说，我的颈椎损伤先做十天的疗程，差不多一个疗程就可以痊愈。到时候还不行，就再做十天。"

　　"你生病了，为什么不告诉我？"

　　"我没事，前年也复发过，这么多年都是这么过来的。"

"可你告诉了电线。"

"前天早上，我躺在床上一点儿也不能动，只好给电线打电话……杯子，你别生气，我觉得我们俩在一起不合适。我不能给你……"

"你别说这些，如果我们不能做情人，可以做朋友、做兄妹的。"

"电线是一个好人！"

"我知道，电线对人很真诚。"

"也许你们俩在一起倒是挺合适的。"

"唉，你呀，生了病还替别人操心。你难道不知道，电线要结婚了？"

"是吗？她怎么一点儿也没对我说起过。"

9

"那年发生车祸之后，我以为没什么，又急着去上班，我只是让人家赔了我一辆自行车的钱，就打的上班去了。到了晚上，我的颈椎钻心地疼，腰也特别胀，颈部一点儿也不能动。我害怕了，就给他打了电话，那时候我们已经开始恋爱了。正好他休息。他连夜把我送进了医院，为我办好了所有的住院手续，还找来我的一个女朋友照顾我。他一夜没合眼，一上午也没休息过。下午，他开始坐立不安，我问他，你有事吗？他不说，站在我的病床前，欲言又止。我说，你晚上要出车是吧？他点点头。我说，我没事，我会自己照顾自己的，你去吧，开车的时候要小心。他这才一步一回头地走了。他一走，我的眼泪哗地就流下来了。那会儿，我不知道自己会怎么样，会不会成为残疾人，会不会死。我已经想好，我如果残疾了，

210

我就自己死掉，不给任何人添麻烦。他再来医院看我的时候，已经是五天之后了。……我不怪他，没有他我现在可能已经不在人世了，我们也就见不着了。"

杯子不知道说什么好，杯子握着玻璃的手，好久才说："没有比生命更重要了，只要你好好的，就是对你的亲人、爱你的人的最好回报。"

杯子又给玻璃倒了一杯西柚汁，端着让玻璃喝。杯子说："喝了果汁，你就躺到床上休息一会儿好吗？等一会儿，我就到那家台湾粥店去给你买你爱吃的皮蛋瘦肉粥。"

"你给我洗一下头好吗？我已经三天没有洗头了。"过去，玻璃每天都要洗头，病了的她为自己洗头却无能为力了。

"能行吗？别为了洗头把你的颈椎弄严重了。"

"没事，我躺在床上，把头伸出床头，你一只手从下边托着我的脖颈，一只手就可以给我洗头了。那年，我躺在医院，我就让来看我的朋友这么给我洗头，我一天不洗头都难受。我朋友说，我生病了还穷讲究。"

杯子去厨房烧好了水，倒在两个盆子中，试了试水温，摆在床头下，又去卫生间拿了洗发水，这才把玻璃扶到床上平躺下来。

杯子一只手托着玻璃的脖颈，一只手用湿毛巾把玻璃的头发浸湿，在玻璃的头上挤上洗发水后，用手指轻轻地挠揉着玻璃的头发，不一会儿玻璃的头上就浮满了白色的泡沫。完了，又用盆中的清水把泡沫清洗干净，用干毛巾擦了头发上的水。

杯子把玻璃扶起来坐着，一边用梳子给玻璃梳头，一边说："梳完头你就躺到床上休息，我上粥店买粥，下午我陪你去推拿按摩。"

"我自己去好了，除了第一次是电线陪着我，昨天就是我一个人去的。"

"我这些天也没什么事，有事我也会在上午处理完的。你就别逞能了，你这样上街打的去教授家推拿按摩，没有人陪怎么行。这段时间，我必须每天下午陪你去。"

"好吧。今天下午问问教授，如果他说没人陪没关系，你明天就别陪了。也许到了明天早上，我会好许多。"

1

吃过杯子从粥店买回的粥，玻璃躺回床上，不一会儿就睡着了。想起玻璃曾说杯子是她的动态活性催眠药，杯子笑了。

因为受伤的颈椎，玻璃不能开空调，一年四季只能睡硬板床，现在连枕头也不能睡，只能平躺着。睡眠中玻璃的鼻翼微微地翕动着，慢慢地头上沁出了细细的汗。杯子环顾屋里一圈，找到了玻璃放在窗台上的一把折扇，杯子拿了折扇，轻轻地给玻璃扇着。

杯子是一个怜香惜玉的人。去年冬天的一个早上，风很大，杯子有事一大早出了门。杯子和一个漂亮的少妇，上了车并排坐在了一起，侧头的时候，杯子看见少妇脸上的泪水。风太大了，从温暖的屋子里来到街上，很容易被风吹出眼泪。杯子也被风吹出了眼泪，杯子已经用去了三张面巾纸，在冷风里站一会儿，也就适应了。显然，这位年轻的少妇没有注意到自己的眼泪流到了脸上，或者她太匆忙，或者她在想什么心事，总之，她一任自己美丽的脸上挂着泪水，在公车上又慢慢风干，浑然不觉。

那会儿，杯子的心里很难过，杯子想递给她一张面巾纸，告诉她擦去脸上的泪痕。杯子当然没有那么做，如果她认为杯子有别的企图，杯子一定会很尴尬。杯子就是这样一个人，既怜香惜玉，又保留着一个现实的距离，面对女人，杯子的内心甚至有一种羞怯。

杯子想，如果我是上帝，如果我能够，我不会让世界上任何一个女人受苦。

杯子认为，女人是这个世界美的组成部分，非常重要的一部分，当美受到因生活等其他外来因素的重压而遭涂改，而遭破坏，甚至变成丑恶的东西，这个世界是不公平的。

眼前的玻璃，玻璃的过去，让杯子的心刺疼。

5

望着熟睡中的玻璃，杯子想到电线，想到与电线的那一夜。

但是，电线就要出嫁了。杯子不觉叹了一口气。

电线是另一种女子，电线是快乐的，从内心到她的言行。其实电线也有她的苦恼，但她的记忆会自动选择，忘掉该忘记的，把快乐留给自己。电线是善解人意的，与她相处的人都会得到她适时的关心，得到愉快和轻松的享受，而她自己的生活，也安排得井井有条。

电线有一种轻逸之美。

而玻璃则对人有一种高山深湖般的吸引，让人迷醉。

6

杯子站在街边等车，玻璃站在离杯子有三四米远的树荫下。每回都这样，只要回到这个街区，玻璃都会和杯子保持一定的距离。

玻璃对杯子说过，她在这个街区住了好长时间了，几乎和她男朋友一开始恋爱就住在这里，好多人都认识她，也认识她的男朋友，所以在白天，她要杯子不要和她走得太近。

玻璃的小心谨慎使她自己生活得拘束而不快乐，也使杯子感到气馁。

车开来，杯子一挥手停了下来，杯子拉开后座的车门，小心地把玻璃扶上车，关了门，自己上了前座。

"师傅，车开慢点儿，她的颈椎有病，不能动，千万别急停急转弯，闪着了。"杯子说。

"好嘞!"

玻璃挺着腰坐在后座上，她其实想要杯子坐在她的身边。自从玻璃和杯子好了之后，出租车的后座一直是杯子和玻璃亲密的地方。有时杯子和玻璃争吵之后，一坐上出租车，杯子把玻璃搂在怀中，玻璃的怒气就会烟消云散。

玻璃想：也许是考虑到自己的颈椎，挪到里边的左座太麻烦，杯子才一改往日的习惯，坐到了前座上。杯子是一个细心的男人，不仅仅是对玻璃，只要和女士在一起，过马路的时候，他会站或走在车来的一侧；走在街上，他会走在靠街心的一侧；就是在滚动电梯上，上楼的时候，他也会站在后边，而下楼的时候他又会主动走在前边。

想到这些，玻璃禁不住有些心酸。

7

教授就住在医院的家属楼的一楼。到了楼前，玻璃看了一下表，正好四点半。玻璃和杯子从阳光地带走进阴暗的楼门，瞳孔还没有适应，眼前有些昏暗，杯子走在前面，向后伸手拉住玻璃的手，说："注意脚下，慢点儿。"

杯子等玻璃在门前站定，从玻璃的身后抬手摁响了门铃。一位慈祥的老太太开了门，说："来了，进来吧。"

"阿姨好！"玻璃向老太太问好，杯子也跟着玻璃给老太太打了招呼。

老太太是老教授的夫人，她把玻璃和杯子让进里屋，老教授已经在屋里等着了。老先生有一头银白的头发，看上去也就是六十多点儿，其实已经七十来岁了，不高，一米七的个子，但却有一副壮硕的身体。

屋里的陈设很简单，看起来像是一间会客室，一张长沙发和两张单人沙发前放着一张大理石的茶几，墙角放着一张书桌，书桌旁有一个老式书柜，而另一角则摆着一张单人床，上面铺着雪白的床单，给人一种诊所的感觉。这间屋子在北边，又是一楼，光线很暗，所以开着屋顶的日光灯。

老先生问玻璃："要休息一下吗？"

"不用了。"玻璃径直走到床边，坐在了床上。玻璃仍然穿着运动鞋，杯子弯腰替玻璃解开鞋带，脱了，扶着玻璃俯卧在床上。

老先生开始给玻璃做推拿按摩。

"她要早几年来我这里做推拿按摩，就不会弄成现在这么严重了。现在已经很难根除这种损伤了，也没有更好的办法，只能用这种推拿按摩的方法做一些恢复性的治疗，做得好效果会很好，如果自己注意，不要太劳累，会保持好些年不会再复发。她当记者，案头工作的时间不会少了，弯腰低头的时间长了，一定要让她站起来

215

活动活动颈椎、腰椎。"老先生一边给玻璃做推拿按摩，一边和杯子说话。

"我要用劲了，会很疼痛，坚持一下。"老先生对玻璃说。

玻璃的头和身上已经疼得出了汗，床上已经有了汗印，但她一直咬着牙闭着眼睛没有叫喊。她抓住了杯子的手，越抓越紧，她涂了透明蔻丹的指甲已经陷进了杯子的肉里。

整整四十五分钟，老先生才细致周全地给玻璃做完了按摩。对于玻璃，这四十五分钟比一个世纪更长，钻心的疼痛使她一直在和自己搏斗：要不要坚持？但是除了坚持，玻璃没有任何选择。

玻璃的路还很长，她必须得为自己未来健康的生活承受今天的疼痛。

一开始，玻璃还在心里对自己说：十天并不是一个太长的日子，而且已经三天了。十天之后，她可能又和过去一样了，可以爬山了，可以爬到山里的树上，大声喊叫了。在某一瞬，玻璃的脑子里甚至闪出一种赌气的念头：看谁能够坚持更久？是疼痛留在身体上更久，征服了坚持？还是坚持藐视疼痛，使疼痛败走？

但随着时间的延长、疼痛的加剧，她心里除了坚持已经没有了别的念头。

杯子任由玻璃的指甲在自己的肉里越陷越深，他只能以这种方式来分担玻璃的疼痛，他知道自己的这点儿疼痛与玻璃承受的疼痛和心理压力比较起来，根本就无足挂齿，何况他还是一个男人。

杯子更紧地抓住玻璃的手，杯子要把自己的力量传递玻璃，告诉玻璃：有我呢，我在这里，别害怕！

老先生给玻璃做完推拿按摩，也是一身的汗，他的老伴拿了毛巾给他，还端来了老先生的茶杯。

老先生对老伴说："这孩子是真坚强，我给别的人做颈腰椎推拿按摩，好多人都痛得喊叫起来，就连一些男人，都会忍不住哼哼，她却一声都不吭。"

"唉，一姑娘家，年纪轻轻的，就遭这么大的罪。"

"十天之后就好了。"

是的，在坚强方面，就连杯子都不得不佩服玻璃。

还有玻璃的理性，玻璃的理性有时甚至让杯子感到冷漠。

玻璃仍然躺在床上，老先生让她休息一下再起来。她睁开眼睛，说："谢谢老先生和阿姨，给两位老人添麻烦了。"

阿姨说："姑娘，快别这么说，大夫就是给人治病的。你的病好了，就是对我们家老头子最好的感谢。"

杯子扶着玻璃慢慢地走出老先生的家。没走多远，就要出医院大门的时候，玻璃的手突然抓紧了杯子的胳膊，杯子急忙抱住玻璃，问："玻璃，怎么了？"

玻璃不说话，脸色苍白，头上转瞬就冒出了一层冰凉的汗，即使玻璃咬着嘴唇，身体仍然在痉挛。要不是杯子抱着玻璃，玻璃就摔倒在地上了。

杯子紧紧地把玻璃抱在怀里，不知如何是好。

旁边走过一个穿白大褂的大夫，停下来看了看，说："怎么了？有事去急诊室，别硬挺着。"

说完走了。

杯子对玻璃说："我们去急诊室吧？"

玻璃不说话，杯子也无法移动玻璃。过了好一会儿，玻璃才控制住自己的身体不再痉挛，摇了摇头。

杯子试着慢慢地扶着玻璃往树荫里的石椅上移动，然后让玻璃坐下倚靠在椅背上。

杯子说："你在这里坐着别动，我去买一瓶果汁。你刚才可能因为疼痛，体能消耗过大，加之这些天营养不足，睡眠不好，可能是血糖低，脑部缺氧，造成短时间的昏厥。"

杯子买了果汁，玻璃喝了，这才感觉好多了。

"我刚才先是眼冒金星，然后眼前一片黑暗，什么也看不见、听不见了。"玻璃说。

杯子用纸巾擦玻璃脸上的汗的时候，玻璃看见了杯子手上深深的指甲印，她抓住杯子的手问道："是我刚才掐的，是吗？"

杯子点了点头。

"你咋就不会把自己的手抽开？"

杯子抽了手，说："嗨，这有什么呀。"

"我没事了，咱们走吧。"玻璃说。

杯子和玻璃拦了车，玻璃说："你坐里边。"

两人并肩坐在出租车的后座上，玻璃的头自然地放在杯子的肩上，玻璃惊喜地说："嘿，杯子我的脖颈可以偏动了。"

杯子握住玻璃的手，说："还有七天，七天之后，奇迹肯定会出现的。这七天，我必须每天下午陪你到老先生家做推拿按摩，否则我不会放心。你看今天，你一个人怎么行？"

玻璃没有说话，杯子知道玻璃同意了。

满街都是下班的自行车和人流，大街上塞满了车，杯子和玻璃坐的出租车在车流中缓缓地向前挪着，两人依偎在后座上，脸上是一对亲密爱人一样平静的神情。

但杯子知道，北戴河的影子，还有一次又一次的争吵，杯子和玻璃都看到了两人前面那更浓厚的乌云。

9

秋天很快就到了，一夜的大风，大街和公园里落满了树叶，梧桐、银杏，更多的是槐树叶，就像是要把这座城市盖住。

那是一个异常艰难的下午，在北海，杯子和玻璃的话少而又少。杯子和玻璃是两个孤傲的人，需要从对方的身上获得温暖，寄托情感，可当两人相距近了，身上的刺又会刺伤对方。

杯子和玻璃是一对豪猪。

杯子和玻璃坐在午后湖边冷寂的长椅上。

"因为烦躁，所以我们就不停地争吵。我都快崩溃了，我们分开吧，杯子。"玻璃望着湖中的一对野鸭幽幽地说。

"没有别的选择了，是吗？"杯子已经知道答案，但仍然这样问。

"是的。如果我们再这样下去，我们都会被伤害得更深。你想看到这样的结果吗？"

"我不知道会怎么样，我知道我们快乐过。"

"但现在不快乐了。我们现在的关系已经成了负数，多一天，这负数就增长一天，我不想我们相互间那些美好的记忆，被这样的负数抵消掉。"

……

玻璃看到了这一点，杯子也看到了这一点，但杯子总在内心里拒绝承认。

　　杯子又拉开了一听啤酒，眼看着听中白色的泡沫向外涌出，杯子想：这白色的啤酒的泡沫就像冬天的初雪，可以温暖自己的心，自己他妈却无法说出和把握住对一个女人的感受。那无形的手把杯子心灵的盖子死死地捂住了。

　　杯子无话可说，杯子的想法常常使杯子有一种喝了一大口过期啤酒的感觉，又酸又苦的刺激使杯子的肠胃蠕动。

　　这一场必然的秋风根本不会扫除掉杯子与生俱来的对女人的迷恋——错误的迷恋。

　　但杯子无怨无悔。

尾　声

1

2002 年 2 月 14 日。正月初三。情人节。上午。

西单中友百货大楼。轮子楼上楼下走遍了大楼的角落之后，来到商场的广播处。轮子递给小姐一张纸条，说："小姐，我找人，请你们广播一下好吗？"

小姐接过纸条看了，说："好的。"

不一会儿，中友百货所有楼层的广播中都传出这样的声音："小妹，有人找，请在一楼导购处见面。"

半个小时不见小妹，轮子就会奔向下一个地方，如法炮制一遍。

这是轮子来到北京的第一个情人节了，在这个情人节，轮子要一个人逛遍北京的燕莎、赛特、中友百货、百盛等那些个有名的商场，寻找他的小妹。

2

据轮子说，他在中友百货大楼见过小妹。

那是元旦前夕的一个上午，大约十一点的时候，轮子坐在一楼的星巴克咖啡厅等一个约好了的采访对象。轮子坐在那里翻看一份报纸，抬头的时候，他看见一个女子，这个女子正自西向东从窗外走过。

轮子愣住了。当轮子反应过来，那女子已经走过窗外，轮子扔下手中的报纸，冲出星巴克咖啡厅的门，轮子看见了她的背影，正消失在中友百货大楼的南门里。

轮子高喊："小妹——"

她好像没有听见，没有停留，也没有回头，随着轮子声音的消失，她也消失得没有了踪影。

轮子跑进中友百货大楼，穿过拥挤的人流，一层楼一层楼地寻找，找了整整两个小时，却再也没有见到那个女子。

那天晚上，轮子和杯子在一个小饭铺吃饭，轮子对杯子说："她什么也没有变，唯一改变的是她的头发，她的头发剪短了，短得像是男孩的头发，染成了亚麻色。"

"也许她是小妹，也许她只是一个酷像小妹的女子。"杯子说。

"我不会看错，我有感觉，她肯定是小妹。"

"你当时应该到商场的广播里去播一个寻人启事，譬如，小妹，有人找，请在商场的某某地方见面。"

"我没有想到这点，我只顾楼上楼下地找她了。"轮子不无遗憾地说。

3

睡到日上三竿，情人节的杯子接到了大巴的电话，大巴在电话中说："杯子，今天情人节，你要没安排，灯儿说就叫上轮子，到我家来喝酒，怎么样？"

"算了，还是你和灯儿一起好好过吧，我不想出门。"杯子说。

"我们老夫老妻的了，没事儿。你又没事，大家在一起热闹热闹呗。"

"我可能有点儿事，各玩各的吧。"杯子只好用撒谎来推谢大巴和灯儿的邀请。

其实杯子应该和大巴、灯儿和轮子在一起的，草垛去年出了车祸，灯儿一直情绪低落。

还有在情人节，在北京的各个大商场四处寻找小妹的轮子，因为小妹，轮子已经有些走火入魔了。

杯子、灯儿都对轮子说过：也许小妹根本就不在北京。

轮子的回答却是：小妹不在北京，那她又在哪儿？

杯子不能回答，灯儿也不能回答。

能够回答的，也许只有时间。就像草垛一样，在灯儿的视线中，时间在流逝，可有关草垛的影像却突然成了空白，长长的七年多的空白，在时间中空转。当草垛走近灯儿的视线，近得几乎抽手可触的时候，草垛却在那看不见的上帝之手的强迫下转身离开，从此天人永隔。

杯子不能告诉轮子这些，他甚至一次又一次地打消自己的这种想法，他害怕自己一想成谶，那样的结局对轮子来说就太残酷了。

可杯子不想见灯儿，不想见轮子，不想见大巴，不想见任何人，只想自个儿待在屋里。

喇叭也招呼了一个聚会，说是有二十来人，兄弟姐妹们一起在情人节疯狂一夜。去年的情人节大家就是这么闹腾一个通宵的。

1

杯子原本忘了今天是情人节，大巴在电话中说起，杯子这才想起来。

距离上次见到玻璃，杯子掐指一算已经四个月多了。杯子想给玻璃的手机发一个短信，当杯子在电脑中敲出玻璃的手机号码的时候，已经不能完全确定是否正确，结果杯子只好很不情愿地在电话号码簿上去翻找查对。

杯子在发信栏里敲下这么一句话：

"春天来了，祝爱的花朵簇拥你！"

然后杯子看着其上的电话号码，愣了好一会儿，这个电话杯子曾经那么熟悉。那时候，杯子除了记得玻璃的手机和她家中的座机，记不得任何其他人的，但现在竟也模糊了，竟也要借助电话号码本才能确定了。

当杯子意识到自己开始迈向这种没出息的伤感的时候，及时地自己对自己叫了停。杯子迅速地点出给玻璃的短信，然后打开电话号码本，一页页寻找曾与他有过情感和肉体交流的丫头姑娘们、女人媳妇们，电线，还有她，送去杯子情人节的祝福，祝福她们爱比南山，情如东海，性生活快乐幸福。

这一天，杯子也收到了七个关于情人节的短信，收到了电线快递来的一盒巧克力。

她给杯子快递来的是一条花花公子的皮带及钱包。

杯子却没有收到玻璃的任何信息。

如果杯子打电话给玻璃，她的第一句话总是："有事吗？"

为此，杯子很恼怒，就在心里说："靠，没事儿就不能打电话了？"

　　玻璃不想再和杯子有更多的联系，哪怕是朋友那样的联系、兄妹那样的联系，她害怕会死灰复燃，那样的烈火会烧毁一切。

　　杯子和玻璃现在各行其是，因为无趣电话也极少打，而且都是杯子打给玻璃，更别说见面了。现在每次给玻璃打过电话，杯子都发誓今后不再打给她，但杯子却一次次违背自己的誓言。杯子就是这样一个没有出息的人。

　　现在，玻璃在电话中对杯子还有一句使用频率极高的话："有事儿吗？没事儿我挂了。"

　　"没事，没事……"只有在这时杯子才会恶心自己的行为，觉得自己就是一个傻逼，一个忘不掉过去的白痴。

5

　　杯子还收到了喇叭的一封短信：

　　　　感情已欠费，
　　　　爱情已停机，
　　　　诺言是空号，
　　　　信任已关机。

　　　　关怀无法接通，
　　　　美好不在服务区，
　　　　一切暂停使用，
　　　　生活彻底死机。

杯子翻来覆去地看这封短信，直至可以背诵。

6

到晚上的时候，杯子接到了她打来的电话。

她说："杯子，好无聊，你想来我这里吗？"

"今天我不想出门。"

没有了玻璃和电线之后，杯子和她在一起，基本上一周一次，大多是杯子去她的住处。

她离婚了，带着一个孩子。杯子过去的时候，她就把孩子送回娘家。

杯子确实提不起情绪，如果杯子这样灰头土脸的、无精打采的和她在情人节的夜里睡在一张床上，应付公差一样勉强做爱，杯子会觉得自己是一钱不值的畜牲。

"你不愿看见别人成双成对快乐的样子？"

杯子说："可能吧。对了，收到你快递来的皮带和钱包了，谢谢。"

"谢什么谢……我也是，我把自己关在家里一天了。现在才给你打电话。我有些想你。"

"我想一个人待着。"

"你想依靠回忆来打发你的情人节？"她的话总是能打中杯子的七寸。

杯子告诉了她他的过去，所有的过去，有时候杯子觉得和她在一起的时候会有一种安慰，两个孤单的人，互相获得温暖，互相抚摸伤口，或者一起无聊地贫嘴。

"没有啊，我的脑袋正在清仓，已近尾声。"

"和我在一起你怕你前功尽弃?"

"不是……"

其实杯子想说："我不想做还没有做就知道过程和结果的命题文章。"

杯子和她在这里都卡住了，不知说什么好。过了好几秒，她才说："我是不是特自作多情，特厚颜无耻?"

"不是，你别这么说。你要再这么说，我就王老五抢亲了，抓着你的手在卖身契上摁手印。"杯子总是心软，别人这么说的时候，他就会急着做出连他自己都不相信的承诺。

"别别别……就这样吧，想我的时候给我打电话，再见。"

"再见。"

搁下电话，杯子想起电影《告别拉斯维加斯》，那两个孤独的人，一个写不出剧本的醉鬼，一个妓女，因为孤独两个人疯狂做爱，最后在做爱中死去，醉鬼死在了妓女的身体上。

尼古拉斯·凯奇演写不出剧本总是喝酒的醉鬼，为此他获得了1996年的奥斯卡最佳男主角；妓女则由伊丽莎白·休主演。

好惨!

想到这里，杯子的后脊梁上像掠过一道闪电一样掠过一股冰凉的气体，使他忍不住打了一个寒战。

写于2002年春天的北京

227